[illegible]ando Lafu, esta
confesión de un voyeur
pajillero. Con cariño
de Juan

Madrid Sept. 92

[illegible] Tafall, este

a [illegible] de un [illegible]

[illegible] con cariño

de

[illegible]

Madrid Sept 72

El libro de las miradas

Juan Tébar

El libro de las miradas

GRUPO LIBRO 88

Colección LETRAS HISPÁNICAS
Proyecto y realización:
Edimundo, S. A.

Portada: Ártica
Ilustración portada: CIC Vídeo «Universal»

ISBN: 84-7906-138-3
Depósito legal: M. 23546-1992
Primera edición: 1992

Compuesto en FER Fotocomposición, S. A.
Lenguas, 8. 28021 Madrid

Printed in Spain. Impreso en España por
Talleres Gráficos Peñalara, S. A.
Ctra. de Villaviciosa de Odón a Pinto, km 15,180.
Fuenlabrada (Madrid)

A ellas, sobre todo a las que jamás supieron que eran contempladas

1

El viento mueve el níspero con tanta violencia que será necesario atar bien el tronco al barandal de la terraza. El arbolillo nació del hueso de un postre. Lo echó en una maceta el padre de Arturo cuando vino a casa de su hijo con el cáncer de pulmón. Y ahora que las hojas ya se inclinan como cuchillos árabes, Arturo tiene el capricho de identificar el árbol con la duración de esa vida. Salvo que ésta no puede amarrarse definitivamente a ninguna baranda. Los tratamientos químicos no son más que chapuzas para ir tirando hasta que sólo quede el radio, si alguien se atreve entonces a decírselo. Porque las supuestas medicinas milagrosas no tienen otro mérito que el de conservar al enfermo la esperanza. Como el jarabe ruso, por ejemplo. Pero ya se hablará de eso. Ahora hay que trabajar.

Arturo deja de mirar por la ventana y procura olvidar unos segundos el níspero y el cáncer de su padre. La araña Mónica exige su atención:

> «Mónica era la mejor amiga del niño. Y él levantaba la tapa de la caja para acariciar a la araña. La cerraba inmediatamente, porque las personas mayores casi nunca entienden los amores infantiles, y podrían dejarla escapar, o incluso asesinarla.
>
> La araña Mónica era una araña seria,

misteriosa, callada, inteligente, dulce, imaginativa, muy sensible y bastante guapa. Mónica iba con Pablo al colegio, jugaban los dos en casa, veían juntos la tele. También dormían en la misma cama. Cuando no había peligro de testigos, Pablo sacaba a Mónica de la caja y la acostaba a su lado. Antes de que sonara el despertador para ir a clase, un sexto sentido avisaba a Pablo, o quizá la propia Mónica le acariciaba con una de sus patitas para despertarle. Entonces, el niño volvía a meterla en la caja, y cuando entraban los mayores en la habitación el secreto estaba bien guardado, su amor a salvo, la compañera esperando hasta que él volviese de sus obligaciones.

Mónica siempre estaba allí al regreso de Pablo, aunque él temía cotidianamente que hubiera desaparecido. Tenía muchísimo miedo a perderla. La adoraba.»

Esperemos que los editores no me vayan a acusar de bestialismo. En las narraciones infantiles hay que andar con pies de plomo. Arturo arrancó la página del cuaderno y se dispuso a mecanografiarla.

Al levantar la mirada a la altura del rodillo de la máquina, los ojos de Arturo superan la balaustrada y se han quedado prendidos en las ventanas de la casa de enfrente.

Una criada está limpiando los cristales con evidente riesgo de su vida. La ventana es de hoja doble corredera, y la chica —rubita, sonriente, joven, ¿cómo se llamará?— pasa una pierna en el vacío, con el borde de la hoja sobre el centro de sus ingles. El viento le mueve el pelo. Lleva uniforme rosa y la falda está alzada hasta más arriba de la rodilla. No deja de sonreír. Ahora pasa por completo al lado de fuera —es un tercer piso, puede matarse— y frota incansable, se mantiene sin vértigo. Arturo la piensa Carmen, es un nombre que cae bien al desenfado de la moza. Entonces él se desabrocha la bragueta y empieza a maniobrar al mismo ritmo de los brazos de Carmen sobre el cristal. El miembro estaba ya hinchado, los golpes sostienen fácilmente el tamaño, que se alimenta de mirada fija. Antes de que Carmen se desplome sobre el asfalto él habrá tenido tiempo para manchar de semen los pantalones bajo la máquina de escribir.

—¡Arturo, hijo!

Es la voz de su padre desde el salón. La paja queda brutalmente interrumpida. El volumen desciende súbitamente por la desatención, el escritor guarda el instrumento y cierra la cremallera.

Papá está reclinado entre almohadones —siempre le gustó esa pereza, incluso antes de estar enfermo— con una novela de Ross MacDonald sobre las piernas. Mira a su hijo, y con la mirada pide disculpas, aunque sin justificar la interrupción.

Arturo se sienta en el taburete de piano que hay junto al diván, y espera. El motivo concreto de la llamada no suele manifestarse hasta pasado un tiempo, y a veces nunca.

—Esta novela me suena.

—Todas son iguales, papá. Alguien ha perdido algo, y Lew Archer rebusca en el pasado. Sigue, a lo mejor no la has leído.

—Sí, la he leído. Creo que he leído todas las policíacas de tu biblioteca. Y no tengo ánimo para otro tipo de libros.

—Tendré que comprar más. ¿Puedes esperar a esta tarde?

Su padre se pasa el día leyendo. Aparentemente no hace otra cosa —también piensa, pero es mejor evitarlo. La muerte en las novelas policíacas disimula la reflexión sobre su propia muerte—. No podrá esperar a esta tarde.

—Tiene que haber alguna que no hayas leído.

Su padre le mira con silencioso escepticismo. ¿Cuánto tiempo lleva aquí fondeado, saliendo sólo de casa de Arturo al «Piramidón», de la sesión de goteo a casa de Arturo, un poco más cansado cada vez, con menos fuerza cada semana, sintiendo la destrucción cuya causa no quiere plantearse? Y siempre leyendo novelas policíacas.

—No queda ninguna que no haya leído.

—No sé si las encontraré en la librería. Tienes que elegirlas tú.

Pero papá no quiere moverse, no tiene ganas. No le gusta exhibir su ruina. Arturo tendrá que correr el riesgo de traer material detectivesco otra vez repetido.

Su padre emite un quejido respiratorio que enerva a Arturo. Es el llanto de unos pulmones hechos cisco, una salmodia que probablemente el enfermo se ha acostumbrado ya a no oír, pero que recuerda al hijo la presencia inexcusable de la muerte, ahí instalada, entre los cojines y las investigaciones de Archer, Poirot, Carvalho, Spade, Nero Wolfe y Smiley, fieles contertulios de esta agonía.

—Bueno, hijo, tú tienes mucho que hacer. Perdona. Mientras no puedas traerme nuevo suministro, seguiré con ésta. A lo mejor tienes razón y no la he leído.

Al final sí se disculpa. Cuando ya es tan difícil retomar el instante cortado. Y lo hace de una manera en que, invariablemente, él es la víctima que se conforma. Ser moribundo, aunque no se reconozca oficialmente, excusa muchas cosas.

Arturo hace una de esas llamadas telefónicas necesarias para evitar una próxima llamada inoportuna, y cuando luego ha localizado el cordón de plástico para atar el níspero, el zumbador del portero automático le obliga a incumplir el programa.

—¿Sí...?

—¿Me abre, por favor...? Voy al cuarto D.

—Éste no es el cuarto D. Llame a la portería.

Y cuelga, implacable.

En la terraza vuelan hojas secas del otoño. Va siendo hora de aprovecharlas para hacer en los maceteros una alfombra protectora. Pronto vendrán las heladas.

Ha procurado no mirar a las ventanas de enfrente, pero cuando termina el nudo que sujeta al fin el joven tronco, los ojos se le disparan, y en lugar de la chica ve un rostro que si estuviera asomado sería indudablemente una gárgola. Pero está dentro, protegida por los cristales siempre bien limpios, y es una anciana embebida en una máquina de coser. ¿Metamorfosis? No creo. ¿Carmen transformada en bruja? Tampoco. La verdad es que se trata de otra ventana. Arturo ha equivocado la ubicación al cambiar la perspectiva. Aquella otra sí es la ventana donde antes Carmen sacaba brillo a los cristales. Y ahora está vacía. Él no puede evitar dirigir la mirada abajo, por si el cuerpo hace un rato excitante yace en un charco encarnado, desparramadas las vísceras junto al uniforme rosa. Pero la calle mantiene su ambiente habitual, paseantes lánguidos, gente que espera el autobús, la monja de siempre (¿o no será la misma? ¿Se tratará de monjas distintas pero constantemente una en el tramo que va de la residencia de ciegos al colegio religioso?). Arturo vuelve a mirar la ventana, y no ve a nadie, como un escenario antes de empezar la función, como una pantalla sin proyector, como la *tele* apagada. Arturo sale de la terraza, hay que escribir. El cuento tiene que estar terminado esta semana para que la editorial decida si se programa la serie que se publicaría el año próximo.

> «Hace unas noches estuve a punto de matar a Edgar Allan Poe. Hay que reconocer que él no me dejaba dormir. Pero ésa no es justificación para asesinar. Él pensaría, seguro, que si le hubiera permitido acostarse conmigo ya no hubiera sido necesario tanto alboroto. Pero yo no estaba dispuesto a soportar esa noche un gato negro compartiendo mi lecho, y él se niega a dormir con mi padre.»

Arturo, que en lugar de escribir la historia de Pablo y la araña, como era su obligación, había retomado su Diario en el punto donde lo dejó la última vez, puso en el tocadiscos la sinfonía de Haydn titulada *La gallina*, y siguió redactando sus íntimas convivencias zoológicas, aunque no con el animal que le exigía su profesión.

> «Otras veces, Edgar Allan Poe ha maullado igual o más por las noches cuando le he prohibido el acceso a mi dormitorio. Y si no siempre he conseguido conciliar fácilmente el sueño, nunca me había portado con él de forma tan brutal. Salí al pasillo y llegué al *living* en busca del alborotador, que, ilusamente, creyó que me había enter-

necido. El pobre animal se pegó a mis pies, con esa actitud regalona característica de su especie. Yo, cegado por la desesperación, le di un puntapié descomunal que va a seguir atormentando mi conciencia mucho tiempo. No estoy bien. Lo demuestra tanto el acto salvaje como el desaforado remordimiento. No abrigo la menor duda sobre mi desequilibrio, aunque nunca haya cedido a ir a un psiquiatra, como quería mamá, que a saber dónde anda, la muy puta. Yo siempre he adorado a los animales. Esa noche, después de la patada hubiera estrangulado a Poe, que por supuesto continuaba maullando, y ahora no solamente por tener cerrada la alcoba. Estoy fatal. A veces me siento en el sofá del *living* y puedo pasarme en trance más o menos catatónico quién sabe cuánto tiempo. Pero dentro de este desacuerdo general que últimamente mantengo con la vida, conservar la libido despierta creo yo que es un buen síntoma.»

Arturo ha escrito la última frase sobre los acordes del *allegro spiritoso* de *La gallina*, dándole briosamente al pene bajo el borde de la mesa. La libido parece tan verdaderamente despierta que el Diario queda abandonado, y los ojos del contemplador se dirigen furiosamente a las ventanas de enfrente. La vieja costurera no, sería demasiada aberración. En la habitación contigua, otra criada plancha. Lleva uniforme blanco y es morena. Tiene vendada una muñeca. La masturbación busca desesperadamente su brindis en la desaparecida equilibrista. Ahí está Carmen, por fin, en otro cuarto, tras otra ventana, tendiendo ropa interior. Cuelga unas braguitas negras. Serán de la señora de la casa, o de su hija. No importa de quién, no importa cómo sea ese quién. Carmen importa, lozana y sonriente, extendiendo las bragas en la cuerda. Dale, venga, fuerte, sepárate de la mesa porque el glande atiza en la madera y puede hacerse daño. Pero no, ¡no te vayas! La moza ha desaparecido de su ventana. Arturo no detiene el ritmo, que iba tan bien. Y como premio a su aplicación, Carmen reaparece en una tercera ventana —la cocina—, hurga en una olla y se chupa los dedos. Cualquier sector del cuerpo de la chacha, el meñique incluido, que ahora reboza parsimoniosamente en saliva, sirve para animar la operación. Ya, ya viene. Con el primer espasmo, Arturo empuja la silla con ruedas para atrás, y ésta corre por todo el despacho, duchando de semen el «parquet».

—¿Te pasa algo, hijo? ¿Qué ha sido ese ruido?

Arturo resopla, satisfecho por haber llegado a la consumación. Verdaderamente todo esto es muy buena señal, aunque la otra noche casi dejara lisiado a Edgar Allan Poe. (Y dicen que quien pega a un gato se ha ganado un enemigo para toda la vida.)

2

Arturo siempre tuvo una especial debilidad por las criadas. El mero hecho de que lo fueran suponía ya un atractivo. No es posible saber —él no lo recordaba, aunque lo intentó— si aquella chacha que le tenía en brazos con tres años en una vieja fotografía de bordes ondulados produjo en su tierna infancia emociones sexuales. Pero de Lorenza sí que tenía febril memoria. Aún hoy era capaz de recordar olores —lo más difícil de pedirle al recuerdo— y se ponía cachondo con la evocación. Lorenza era coja, pero no de eso le quedó a Arturo una debilidad por las cojas. Por las criadas, sí, toda la vida. Un interés fundamentalmente erótico, desde luego, pero también sentimental, y con el tiempo sociológico. Las criadas siempre fueron criaturas que perturbaron emotiva e intelectualmente su biografía. Lorenza es quizá la primera de la que existe constancia.

Todos recuerdan con particular sentimiento su primera puta. Arturo nunca las usó. El primer amor es memoria imborrable. Lorenza no fue ninguna de las dos cosas, aunque no sería del todo un disparate considerarla una especial fusión de ambas. Arturo estaba obsesionado por sus piernas, allí donde las ligas apretaban con saña, y, cómo no, por sus bragas, de las que en ocasiones acertaba a ver algo, en los momentos clave de agacharse para hacer las camas. Seguramente a causa de la cojera, Lorenza se agachaba torcida, de una forma especial que brindaba al contemplador posibilidades muy particulares. Arturo tendría entre nueve y diez años, y procuraba no perderse una sola agachada de Lorenza, con la pierna coja en el aire, arqueada la otra, y él a veces tirado en el suelo para ver más arriba, más, más, más arriba todavía. ¿Cómo justificaba Arturo la posición horizontal sobre el suelo del piso en tan gloriosas y emocionantes ocasiones?

—¿Qué haces ahí tirado, niño? Te vas a poner perdido. ¿No se te ocurre otro sitio para leer?

Sí, sí, leer; por más que ante la aparición de su madre, Arturito fingiera aplicarse al tebeo que usaba de tapadera. Ningún interés tenían las aventuras del Guerrero del Antifaz ante el paisaje móvil y misterioso de la trastienda lorencil... Si lo más íntimo que se les veía a las chicas del Guerrero era una lágrima...

Por favor, Lorenza, agáchate un poco más. Así, así, ahora que remete el embozo, ahora que da el último toque a la almohada...

Arturo todavía no había descubierto la masturbación, pero unos tirones, unas sacudidas allí donde le habían dicho que servía únicamente para mear, unas violentas conmociones, le fueron ya preparando a usar el miembro para próximas operaciones mayores. Y con otras criadas ya estaba Arturo en condiciones de darle al aparato, a pesar de que Dios le estaba mirando, seguro, y algún angelito lloraba, y se perdía un gramo de sangre por cada vez, y acabaría uno tuberculoso o loco, cuando menos, si no agarraba la lepra.

Las criadas tienen, entre otras, una gran ventaja sobre las esposas, novias o amantes: pueden sustituirse con menos escándalo y permiten una especie de plácida poligamia. Esto no es sino una metáfora o una imagen aproximativa en el caso de Arturo, pues con todas las criadas que pasaron por sus casas sucesivas, chachas del hogar paterno o fugaces asistentas de su vida de soltero, mantuvo una respetuosa distancia. No diremos que casta, pues en más de una ocasión, cuando se encontraba a solas con ellas en la casa, había descubierto la forma de alejarse para contemplarlas furtivamente, y deshojar con furia el pene desde esa provocativa distancia.

Lola fue una verdadera pasión de sus quince años, cuando Arturo estaba a punto de acabar el bachillerato. Además de estar buenísima, quizá Lola le quería de una forma especial. Antes de irse al colegio, se encontraba la cartera preparada, y un bocadillo dentro. Mamá desde luego que no era, ya les había abandonado dos años antes. Y papá no tenía esos detalles. Aunque debe reconocerse que sí tenía otros: mandarle postales desde los sitios donde actuaba; eso cuando había *tournée* y Arturo se quedaba solo con Lola en la casa madrileña de la calle Doctor Castelo. Cuando su padre estaba en Madrid, sin trabajo, o de paso entre teatro y teatro, eran otros los detalles: dos duros diarios, para el cine, y un tebeo si sobraba.

Aquel jueves Arturo decidió quedarse en casa y guardarse el dinero. No por nada, porque a él no le había pasado sospecha alguna por la imaginación. Se quedó porque sí, porque hacía calor, porque tenía sueño, porque había visto todas las películas toleradas que ponían en el barrio. El caso es que no se enteraron de que se había quedado. Y Arturo fue al cuarto de Lola para mirar por la cerradura, como había hecho tantas veces a la hora de la siesta. Y la vio. A ella y a su padre, jodiendo como locos.

Para Arturo, Lola había sido una obsesión no exenta de ternura, pero auténtico desvelo erótico en sus propias siestas, o de noche, en su solitaria habitación, porque a esa edad ya no se tiraba por los suelos a ver cuánto veía. Los apuntes para la masturbación nacían de posturas menos escandalosas. Y muchas veces las gratificaciones fueron excelsas, porque desde la cerradura se veía muy bien su cuarto, como aquel jueves no se perdió ripio del polvo con su padre. Y con una ventaja, dentro de los celos: la habitación de la criada estaba justo enfrente de la puerta del piso. Uno de los mayores peligros del espionaje era que alguien —papá— entrase en ese instante, pillando al contemplador en pleno disfrute. Ahora no, ahora papá estaba dentro del ojo de la cerradura, él pertenecía hoy al campo de visión de Arturo. Y nadie más tenía llave de la puerta.

Cuando su padre vino a vivir con Arturo porque no se podía cuidar solo y porque seguir cada uno por su lado, teniendo el hijo toda la casa para él, hubiera sido feísimo, papá le sugirió:

—¿No deberíamos coger una criada?

Arturo se negó en redondo. Con la asistenta, bastante poco agraciada por añadidura, era suficiente. Y quién sabe si con ello estaba vengándose de aquel jueves de verano en la calle Doctor Castelo.

Arturo nunca llevó bien las enfermedades de los demás. Congruentemente, si él estuvo enfermo, le pareció siempre que los demás no le atendían como era preciso. Y al saber lo del cáncer, adivinó que la agonía de su padre le iba a sacar de quicio. Pero ni uno ni otro tenían en la vida a nadie más. Preparó un cuarto que pudo haber sido el de matrimonio si Arturo se hubiera casado alguna vez, y él siguió ocupando aquel despacho-dormitorio-refugio que prácticamente venía sirviendo para todo desde hacía mucho tiempo.

¿Con quién iba a haberse casado Arturo? ¿Con Marisa quizá, de la que estuvo supuestamente enamorado doce años? Salieron durante todo aquel tiempo sin tocarse. Arturo sabía que la culpa fue de él. Si le hubiese cogido una mano siquiera una vez, lo demás quizá hubiera venido por sus propios pasos. Pero Arturo nunca se decidió. Y Marisa, que tampoco sentía una pasión arrebatadora por Arturo, todo sea dicho, acabó matrimoniando con un arquitecto, que debió probar en su mano el lógico contacto a ver si progresaba.

Con Purita, menos mal que no pasaron de un noviazgo por carta. Porque cuando les tocó estar juntos al término del idilio postal, que duró lo que el servicio militar de Arturo, éste se dio cuenta en seguida de que la chica era bastante burra. Cojonuda sí que estaba, eso indiscutible. Todavía hoy Arturo le dedica homenajes masturbadores en los que manosea aquellas tetas o aquel culo de quien no es —ni fue, en realidad— sino un fantasma gratamente lujurioso. Una noche militar, haciendo la cuarta imaginaria en el barracón repleto de sudorosos guripas, Arturo había dejado momentáneamente la poética redacción de una carta de amor para cascarse a modo el carajo, a la mínima luz del piloto que daba a la faena tonalidades misteriosas. Carta y paja eran para la tal Purita, lejana en Galicia de verdadero cuerpo presente, pero allí entonces, aquí ahora, en el cuartel, bien real en fantasma procaz. Qué cachondo se pone, madre, el recluta imaginaria con la Purita imaginada, poco menos que bailando desnuda entre las camas del dormitorio cuartelero. Crujen los somieres en sospechosas actitudes de sus ocupantes, y a la ilusión impúdica de Arturo le parece espectáculo general de una Purita danzarina para todos, aunque mejor para él, que la conoce —no «bíblicamente», por desgracia— y puede inventarla ahora, dale, venga, ya, así, así, mi amor, qué bárbaro, olé, salta, levanta esa pierna, jo, ahora ¡Jesús! Y entonces se abre la puerta del barracón y aparece el sargento de semana.

—¡Compañía! ¡El coronel!

Ya está organizada. Ni le dio tiempo a meterse el cipote, ni era el coronel, aunque Hernández Coronel sí se llamaba, y el hombre venía sólo a pedir un pitillo. Quietecita se ha quedado la autoridad con el dedo en los labios, pretendiendo una discreción rota por los soldados incorporados, el sueño lúbrico hecho trizas, y un arresto en lontananza que Arturo ve acercarse a paso ligero.

Menos mal que el sargento tenía buen humor y sólo le dijo con excelentes modos que a ver si de una puñetera vez no gastaba bromas Arturo con su apellido, que ya es puta desgracia llamarse oficial por vía paterna y no ser más que una mierda de sargento chucharil. Pero la vergüenza del recluta con su estaca bien tiesa fuera del uniforme a la vista de todo el barracón fue trauma que duró mucho más de lo que hubiese durado cualquier arresto. Algunas de las interrupciones que luego Arturo ha sufrido en su vida durante numerosas pajas sucesivas han tenido memoria militar, que es lo más brusco, violento y destemplado que haber puede en cualquier drástica ruptura. Y hasta aquí el recuerdo cuartelero de la sensual Purita. El episodio más intenso, seguro, de aquel noviazgo.

—¿Por qué te casaste con mamá? Nunca me lo has dicho.

Ahora que ya tiene lectura inédita suficiente, dos aventuras de Reiner, una novela que dicen pionera en el misterio de asesinar dentro de una habitación cerrada, y tres cosas seguramente muy sádicas y sórdidas de Scerbanenco, ahora se le ocurre a su hijo ponerse íntimo y profundo. Pero si le ha cedido un hueco para morir menos solo, también tiene derecho a discutir el pasado. El viejo actor se decide a repetir una interpretación más, aunque esté forzosamente retirado:

—Porque la quería. Por lo que se casa uno. Porque estaba enamorado.

Arturo recuerda, sin embargo, que papá y mamá discutían interminablemente. Y en aquellas secuencias de batalla, el hijo evoca al padre siempre cediendo en apariencia, tirando la toalla aunque estaba claro que no le habían convencido.

—¿Hay prueba mayor que ésa de que estaba enamorado?

—Cuando mamá se largó después, ¿seguiste tú queriéndola?

—No me acuerdo, hijo. Procuré olvidar lo antes posible.

Y el actor jubilado coge una de las novelas recién traídas, cortando el peligroso juego de las evocaciones. Arturo vuelve a su despacho. Todavía hay que escribir antes del telefilm.

> «El dios de las croquetas vivía, claro, en el Olimpo. Todos los dioses viven en el Olimpo. Desde allí, como está muy alto, pueden contemplar a los seres humanos, y se divierten mucho, porque mirar a alguien sin que sepa que le estamos mirando es una de las cosas más divertidas que hay.
>
> El dios tenía mucho cariño a Pablo, y como sabía que a Pablo le encantaban las croquetas, a veces se las lanzaba desde el Olimpo. Pablo se había acostumbrado a

este regalo divino, y muchos días iba a esperar que las croquetas cayeran, y si el dios no se acordaba, o estaba dormido, o en ese momento se encontraba ocupadísimo contemplando a otras personas, el niño se volvía a casa muy triste, y ni siquiera se ponía contento luego, aunque tuviera croquetas para cenar...

Sin haberse dado cuenta de que el infortunado Pablo acababa de irse a su casa con una decepción grandísima, el dios de las croquetas se entretenía contemplando a la chica que tomaba el sol en la piscina. Desde el Olimpo, pensaréis, queridos niños, que la chavala quedaba un poco lejos. Pero los ojos de los dioses pueden graduarse como los gemelos o los telescopios. Y precisamente ahora, el dios estaba observando con todo detalle la deliciosa rendija entre la parte posterior del bikini y el vientre de la moza. Con la potencia visual del olímpico, eran perfectamente apreciables algunos pelos del coño. Y como los dioses también tienen imaginación y órganos genitales, nuestro contemplador se estaba poniendo cachondísimo... Hay braguitas, ya se sabe, que suelen quedar pegadas al cuerpo, pero las hay —y ésta era una de ellas— que dejan generosa fisura o respiradero para que los contempladores, humanos o divinos, situados en el Olimpo, o a pocos metros del objetivo, puedan disfrutar de tan exquisito espionaje, y si hay ocasión, dar algún toquecillo al bálano, que normalmente, a estas alturas, debe estar suficientemente hinchado, amenazando con asomar la cabeza fuera del bañador, o de la túnica, o de lo que coño usen los dioses del Olimpo...»

Esas cosas ocurrían a veces, pero Arturo se había cuidado mucho de parar la escritura justo antes de que el asunto pasara a mayores, pues tampoco se trata de hacer pornografía para los niños. Todavía no estaban preparados para eso las editoriales españolas, aunque seguramente los niños sí... Y esa noche se había propuesto no mirar una sola vez a las ventanas de enfrente.

A las diez en punto, padre e hijo estaban juntos ante el televisor, con una cena frugal y dos cervezas, dispuestos a contemplar el telefilm de espionaje. Hay que estar muy callados, hay que descolgar el teléfono y taparlo con un cojín, hay que abstraerse del mundo, de la vida, hay que estar rotundamente solos ante el televisor. Incluso así es posible perder datos, confundir pistas, equivocar al «topo», despistarse por culpa del paso de un coche por la calle. Y entonces estás perdido, no entiendes nada. Padre e hijo clavan los ojos en la pantalla y durante su hora y media de proximidad, no se dirigen una sola palabra.

Tardé mucho en besarla. Llevábamos horas diciendo cosas, y la situación podía resultar interminable. Alguien tenía que decidirse, pero a mí siempre me costó mucho tomar iniciativas. Ya me sorprendió que antes de venir a mi hotel, en aquel lugar oscuro frente a las copas sucesivas, hubiera yo acariciado su pelo y tomado sus manos larguísimas de pronto, acabándonos de conocer esa misma noche, en una ciudad a la que yo acababa de llegar y de la que tenía que marcharme al día siguiente. La única luz del rincón en penumbra iluminaba su rostro, ella no debía verme bien la cara.

Qué dedos increíbles, qué piel de las manos. Y sus ojos mirando, como estufas. Eso cuando miraba, que en otros muchos ratos alejaba la vista como si observase fijamente a alguien que no existía, en una dirección donde no había nadie, sólo para no mirarme, aunque no se me viera casi en esa oscuridad que no iluminaba aquella luz sólo sobre ella. ¿Por huir del encuentro o por disimularlo?

A veces tosía, quizá nerviosa, posiblemente para sobrellevar la magia, aunque dijo que tenía problemas de respiración. Y yo prendido de sus dedos, en ocasiones tocando su pelo y su cara, por ver si eran reales. Aún no me había dado cuenta de que estaban casi prohibidos.

Posturas de las piernas, acomodos desesperados, no saber qué se hace, ¿un pitillo?, caricias al mechero, girar la copa, sujetarse las gafas, vértigo. Sí, a veces pasa. A veces, qué locura, te encuentras con alguien y te quedas perdido en los ojos, en el cuello, la sombra, las palabras, los silencios, el color de la ropa. Colgado del misterio. No pasa muchas veces, pero pasa.

Luego, solos, elegidas las luces para mirarnos los dos, a ver si éramos los mismos. Para vernos uno a otro, o para no vernos, para que ninguno viese, al menos, mejor que el otro, para compensar miradas. Luego, en el salón, pudo ser interminable el preámbulo: se había roto un primer capítulo mágico, era preciso superar el segundo. Y para llegar al tercero se imponía un nuevo paso.

Dije que la iba a besar. La besé. Eran ya demasiados dedos —largos, largos, largos dedos para no olvidar nunca—, era ya demasiada caricia en el rostro, en el pelo (y estaba aprendiendo que eso estaba casi prohibido). Había que besar y que seguir besando.

Toses de ella imprevisibles o premeditadas. Yo dejaba cigarros consecutivos sin terminar, y cualquiera diría que teníamos veinte años. Ella tenía pocos más. Pero yo le doblaba la vida. Y la besé otra vez, teniendo que agacharme, curvándome hacia ella, que seguía atrincherada en el extremo del sofá, y no podía atraerla porque sus hombros se mantenían firmes, porque su rostro y su pelo estaban casi prohibidos. Me dejé caer en el beso, y en seguida ella me preguntó: ¿Qué piensas?

No me gusta analizar los impulsos mientras suceden. Dije que no pensaba en nada. ¿Debiera haber pensado? ¿Debiera haber dicho que sí estaba pensando? Yo no quería sino continuar. Volver pronto a esa boca. Ni pensar ni observar. Lo hago ahora porque ya no puedo de otra forma recuperar aquello. Recordarlo, repasarlo, volver a entonces con las palabras es mi única posibilidad, ahora que no tengo otras suertes de vida.

No pensé, pues, aunque piense ahora, y no pienso demasiado. Revivo, y de forma tan intensa, que casi lo vivo como entonces. O sea, que ni ahora pienso.

Propuse llevarla al dormitorio. Ella me mordió una mano cuando yo jugueteaba con su pelo, y reconoció entonces lo que me parecía haber adivinado: el rostro y el cabello eran zona casi prohibida, ella sabría por qué. Con lo que a mí me gustan...

Me pidió dormir juntos. Y fuimos a la alcoba, sin más toque personal que cuatro cosas y mis inevitables novelas policíacas. No la llevé en brazos porque no es leve la belleza cuando es vida. Sólo puede cargarse la belleza cuando es representada, a no ser los atletas. Y algunos heroicos actores en noviembre, que no quieren defraudar al público, y toman a pulso a doña Inés aunque el peso sea superior a sus fuerzas, y en tantas ocasiones ella no sea belleza.

Entré yo primero en la cama. Ella hizo preámbulos para que fuera así. Miró libros, fotos de familia, cosas sobre la mesilla, objetos que uno pone en cada paisaje efímero para inventarse hogar. Y estaba yo sentado en la colcha, contemplando, cuando se desnudó sola, sin que yo la ayudara, que bien me hubiera apetecido... El pecho era tal como lo sospeché a los primeros vistazos, como casi había comprobado en las primeras ca-

ricias. Redondo, oscuro en la cima. ¿Iba a tener la oportunidad gloriosa de emocionar esos pezones? Ella se rió, o fingió reírse, por mi contemplación, acomodadísimo sobre un enorme cojín de colores, que siempre he llevado en mis maletas.

Y luego vino, para dormir conmigo.

3

Sala de lectura, pupitre doscientos sesenta y cuatro. El silencio se oye con la música de sus mil rumores variopintos, el roce de una media con otra, la respiración del estudioso de al lado, el corazón de la chica de enfrente, un leve desplazamiento del aire al paso casi mudo del conserje, y por fin, esto ya no puede llamarse silencio, los cuatro tomazos sobre el pupitre, levantando polvo y malos gestos en los ensimismados lectores:

La diosa blanca.
El amor y el erotismo en la literatura medieval.
Psicoanálisis de los cuentos de hadas.
Los signos del zodíaco y el amor.

Material para el libro que Arturo quisiera escribir. Una mina de fichas que se amontonarán en su despacho, y luego del esfuerzo seguirán recordándole que la crisis creativa es cosa seria, y mientras la melancolía, la hipotensión, la pereza y las depresiones crónicas le devoran, el libro no existe. Porque lo que le gusta a Arturo no es tanto escribir como haber escrito. Y dado que los libros no se escriben solos más que en los sueños, el tiempo transcurrirá en fantasía, despistes y otros trabajos obligados. Del libro sin nacer sólo quedarán fichas.

La chica de enfrente está riquísima. Diecisiete años

como mucho, estudiante seguro. Novia o amante de otro, como todas. Arturo no puede mirar sus piernas salvo tirándose por el suelo con la excusa de recoger un lápiz. Tira el lápiz, mira, y sufre la decepción de que la estudiosa lleva pantalones. A su capacidad imaginativa no le impedirían soñar las piernas ocultas, pero mantener la postura iba a despertar sospechas. Se acuerda de aquellos lejanos jardines en tiempos remotos de su distante adolescencia.

Conoció a Méndez mientras leía Arturo novelas de Sabatini una tarde de verano en ciudad marinera. Y Méndez estaba haciéndose una paja tras el pupitre de la Biblioteca que había en aquel parque. Arturo sufrió una verdadera conmoción. Acababa de sumergirse en las partes bajas del mobiliario, buscando esta vez realmente algo, cuando descubrió el ritual onanista. A Méndez, que era un señor de treinta años por lo menos, no le importó que Arturo sorprendiera su disimulada operación. Establecieron a partir de ahí una peculiar amistad en la que celebraban campeonatos de masturbaciones, con premio para el que derramase antes. No sabía entonces el muchacho que el maduro pajillero atendía menos a las revistas de buenas mozas para ayuda del acto, que al miembro de su contrincante, aunque más de una vez extrañó a Arturo que Méndez no mirase las ilustraciones y demostrara sumo interés por los progresos del chaval en su ajetreo. Eso sí, nunca se atrevió Méndez a tocarle contra su voluntad, a pesar de que frecuentemente se ofrecía para ayudarle manualmente. Y es que, por lo general, Arturo no precisaba ayuda para crecer la verga. Se hinchaba por sí sola, y lanzaba el preciado líquido con gracia personal y fuerza propia. Casi siempre, Méndez se corría después. Y al ganador le tocaban unos duros, que Arturo solía gastarse en el cine, aunque el otro pretendía acumularlos para un concurso sucesivo lo más cercano posible.

—¿Le ocurre a usted algo?

Es la chica de enfrente, mosca ya, o quizá realmente preocupada por la tardanza de Arturo en salir de bajo el pupitre. Bochorno, disculpas, farfullos, siseos, y no hay forma ya de sumergirse con sosiego en los cuatro textos para el libro que nunca escribirá.

¿Qué fue de Méndez? Tendrá ahora cincuenta y tantos años, y Arturo se enternece de imaginarle aún buscando jóvenes concursantes en jardines, cines o bibliotecas. Porque Méndez, contemplador como Arturo, no habrá encontrado pareja más próxima que la del competidor al que no osa tocar, si es que ahora en que los tiempos han cambiado tanto puede seguir hallando tales ingenuos.

Hoy Arturo no come en casa. Papá se abrirá una lata de su fabada preferida, y es de esperar que no ayude la digestión con un prohibidísimo cigarro. Arturo va a comer con Mariví, una antigua compañera de Facultad, que luego se hizo actriz, que más tarde quiso escribir y colaboró en los periódicos, que últimamente dirigía cortos, y que la última vez —hará cerca de un año— le dijo que pensaba cantar a los poetas del treinta y seis. Le ha citado con urgencia, casi con nerviosismo, y Arturo no sabe si querrá contarle que por fin ha encontrado que lo suyo es pintar.

Pero Mariví quiere presentarle a Daniel. Es un chico más joven que ella, un mozarrón huidizo, a disgusto en la cita, de quien Mariví está evidentemente enamorada.

—Daniel tiene escritos guiones. Tú conoces gente de cine, ¿verdad?

—Ya menos. Hace tiempo que trabajo poco ese

género. Últimamente me dedico a la literatura infantil. No sé si eso le interesará a tu novio.

Arturo mira a Mariví con fijeza a través de sus gafas. ¿De verdad, chica, no te das cuenta que me jode este tío, que me han jodido siempre los hombres de mis mujeres, sobre todo si esas mujeres no han sido mías nunca en el sentido que suele darse al pronombre? En realidad, lo que debiera decirse es que Arturo nunca ha sido suyo, porque Mariví, por ejemplo, estuvo en su armario durante algunos años, más de Arturo cada vez, sobre todo en la época en que salía con frecuencia en las revistas. Él seleccionaba fotos, especialmente desnuda —o aquellas más incitantes en que estaba vestida pero la cremallera del pantalón se iba a descorrer del todo, o la blusa, mojada, revelaba pezones con mayor intención que si los pechos estuvieran al aire—, las recortaba, y añadía partes al *collage*. Suya, sí, foto a foto, cerrada con llave, sólo de él, riendo, posando, enseñando su cuerpo únicamente para Arturo. Objeto inconsciente de contemplación. Propiedad absolutamente privada. Sin saberlo, que es como tiene gracia.

Esa tarde Arturo toma una decisión trascendental, tras la comida: saca del armario el *collage* de Mariví, y en honor al tiempo transcurrido, y a ese novio supuesto guionista, lo destruye sin pararse a mirarlo. Unas grandes tijeras y corta, corta, corta, cada vez más pequeño. Y luego va a la cocina, llena de los pedazos la pila y comienza el incendio. Su padre ni se entera. Duerme una siesta ausente de la vida, y es de suponer que ausente de la muerte, por la sonrisa que le cruza la cara y la respiración felizmente dinámica.

Recogidas las cenizas hasta el último trozo, depositadas en la taza del *water*, y por fin esfumadas mundo abajo, Arturo ha decidido prepararse un whisky, pálido como el de los espías de Graham Greene. Bebe despacio, porque aunque pretende olvidar, no quisiera coger una trompa.

Está lloviendo, hoy no hará falta regar las plantas.

Una ventana de enfrente ofrece escena familiar. Un ancianito ha penetrado en la zona de servicio, y diríase que mete mano a la morena de uniforme blanco, la criada todavía sin nombre inventado. Toñi, ya está, ¿para qué pensar más? Pero no, el viejo quizá sólo se inclina para observar la venda en la muñeca. En la ventana contigua, la gárgola sigue, como siempre, cosiendo. Y en la tercera ventana, que debe ser su alcoba, Carmen se dedica a mirar la lluvia.

Arturo contempla también el lento chaparrón de otoño. En su mano, el vaso de whisky. La chacha enciende un pitillo. Hay una dulce somnolencia en el ambiente. ¿Qué hora es? ¡Las ocho! Papá debe tomarse la medicina rusa.

Una actriz hoy famosa, que convivió con el padre tiempos pasados, ha realizado verdaderos esfuerzos y gestiones de auténtica diplomacia internacional para traer varios frascos que tras el telón de acero dicen que cura el cáncer. Todos los médicos están de acuerdo en que por lo menos no hace daño.

Va Arturo al cuarto del durmiente con la ración dispuesta. El papá sigue frito. Las cortinas están cerradas, la habitación a oscuras, y Arturo observa el rostro a la luz de la cocina. Podría estar ya muerto. Incluso la sonrisa que aún le llena la cara podría ser ese rictus de aparente felicidad que suele ocupar el semblante de los cadáveres y que facilita comentarios de filosofía barata a algunos deudos. Porque ahora la respiración se ha desmayado hasta casi no ser.

Mirando a su padre como muerto, contemplando —que es la ocupación en que Arturo tiene más experiencia—, imagina la situación futura. Y antes que en el dolor, antes que en el afecto, piensa en las obligadas actividades de ese trance. La Funeraria, los avisos a parientes y amigos, el cementerio. Papá tiene los papeles siempre a mano, pagados puntualmente, para facilitar las cosas. Viene entonces por fin la ternura, sobre todo porque el durmiente ha subrayado inequívocamente su vida al mover una mano. Mano que toma Arturo y acaricia. Un recuerdo llega de golpe, ambos paseando por la calle Arenal de Madrid, cogidos de las mismas manos. Arturo tenía menos de diez años y le pedía a su padre que le comprase un libro. Era quizá la primera vez que se decidía por un libro auténtico, no un tebeo ni un semilibro mitad dibujo, mitad letra. *Ivanhoe*, sí, pero en edición completa. Ni siquiera una adaptación.

—El de verdad. Quiero el de verdad, papá.

Su padre apretó fuertemente su mano, y le compró el libro aquel mismo día, en aquella misma calle. El de verdad.

Ha abierto los ojos. Ve la mano en su mano. Arturo abandona la caricia, como si le diera vergüenza. En la otra mano, mantenida sin derramarse, la cuchara. Sonríe el padre y toma, obediente, la medicina rusa.

Antes de acostarse, Arturo ha bebido otras dos copas. La segunda fue para sobrellevar la charla de su padre, esta noche especialmente nostálgico y un poco pelmazo. Era otro whisky. La tercera ha sido la peor: un «gin tonic». Arturo está poco acostumbrado a beber, pero menos a mezclar. Y ahora, mientras Edgar Allan Poe juega con sus zapatillas, y él intenta abotonarse el pijama, siente el estómago bastante más arriba de su lugar habitual.

Sin embargo, o quizá por la misma borrachera, no es capaz de meterse en la cama sin echar antes una miradita a la casa de enfrente: en la cocina, apagada, brilla un grifo iluminado por la luna. El cuarto de plancha y costura, negro como boca de lobo. Pero el dormitorio...

Ahí están Toñi y Carmen, Dios mío, las dos en camisón, sentada una sobre la otra. ¿Será posible que las estés sorprendiendo en intimidades homosexuales? A ver, Arturo, mira, observa, fíjate, contempla, que ellas no te ven, tienes sólo encendida la mesilla de noche, y echados los visillos. Toñi, la morena, encima de Carmen, bien abiertas las piernas, cara a cara frente a la rubia. Se acercan los rostros. ¿Qué hacen? ¿Se besan? Nunca puso nada tan cachondo a Arturo en estas contemplaciones, nunca el intrusismo de su soledad en la casa de enfrente le deparó hasta ahora espectáculo tan exótico y excitante. Lástima que el alcohol no le permita masturbarse. La saca, por supuesto, que por él no quede, pero la flaccidez del miembro no consiente juego. Y Arturo permanece inactivo ante el *show* de las mozas. Que a lo mejor no es lo que parece. Seguramente Toñi está quitando una mota del ojo de Carmen. Pero la imaginación, ah, la imaginación... Ésa sí que está viva, y no hay «gin tonic» que la vuelva fláccida.

> «Depende. Quizá fláccida no, pero confusa... Veo a ratos y a ratos se equivoca la vista. Porque lo que ahora veo no es lógico aunque parece real. ¿Cómo voy a estar metiéndole el dedo por el culo a esta moza, si hace unos segundos me acabo de acostar en mi cama, en la casa de enfrente de la casa de enfrente?...
>
> ¿Y esto lo vivo o acaso lo estoy escribiendo...? Del cuento no es, por supuesto...

> Y el Diario lo tengo guardado... Tiene menos sabor este ejercicio sin haberle quitado la falda. Pero Carmen —¿o es Toñi?— está de pie, algo inclinada —la postura ideal—, acodándose en la ventana, la vista hacia mi casa. Con la mano quc tengo libre cojo los gemelos de teatro y me veo a mí mismo, enfrente, durmiendo intranquilo...»

No hay quien concilie el sueño. Arturo se debió exceder en la ginebra. O en el whisky anterior. O en el primero. Debió excederse en las tres copas. Dios, qué desbarajuste de desvaríos... No sabe si duerme o vela, no es capaz de reconocer su ubicación, ni de atrapar su conciencia. Cambia furiosamente de postura hasta ponerse de pie en la cama, horrorizado y desafiante.

—¡Primero debí desabrocharle el delantal, luego quitarle el uniforme, pero como estaba agachada... invitadora... no perdí el tiempo en esas cosas!... ¿Me van a poner mala nota?

Y se mira el dedo, el dedo que no puede estar sucio en ningún caso, porque le protegió la falda. Lo huele, quizá el aroma traspase ropas, sean interiores o uniformes. Pero no hay más perfume a su alrededor que el de una cogorza de campeonato. Y absolutamente solitaria.

4

—Truffaut decía que era una película malvada. Pero que después de contemplarla varias veces, acabó pareciéndole bondadosa.

La ventana indiscreta no es sólo una anécdota criminal. La trama policíaca ameniza una reflexión sobre el *voyeurismo*. Y la contemplación fisgona, la filosofía del mirón, es como las dos apreciaciones de Truffaut: vicio, maldad, afán de transgredir, curiosidad morbosa. Pero también interés, amor universal por los demás (salvo por el pobre asesino, claro, pero ésa es otra historia...).

Un *voyeur* como James Stewart en esa formidable película es un tipo realmente egoísta, para qué nos vamos a engañar. Su reticencia frente al amor de Grace Kelly lo subraya. Pero también es un infatigable —voraz, diría yo— aficionado al prójimo. Y esta aparente contradicción no es sino un enriquecimiento de la capacidad sentimental del mirón hacia el mundo...

(Mientras ese sentimiento consista en contemplar, sin más contacto con el prójimo, por supuesto. Eso ya no lo dijo.)

Mientras Arturo hacía una pausa bebiendo agua y callándose una reflexión, descubrió a alguien entre el público que le llevó el santo al cielo. Es frecuente encontrarse gente conocida en las charlas, debates, conferencias, presentaciones de libros, mesas redondas, entrevistas radiofónicas o televisivas, pero suelen ser rostros de siempre, o jetas difícilmente ubicables aunque sean familiares. Esas faces que —sacadas de su contexto— no sabes si pertenecen a un compañero de la *mili*, al dependiente de la carnicería, al cajero del banco o a un taxista. Sin embargo, el contexto de aquél, de éste, sí está a punto de identificación, y no es rostro de siempre: momentos algo vergonzosos del pasado. ¿Es posible que se trate de Méndez?

Estaba tras el cristal separador de control y locutorio, y evidentemente no pertenecía al equipo técnico. Había ido al estudio de visita. ¿Para encontrar a Arturo?

—«Suave es la noche»... Nuestro programa de las madrugadas...

Se ha encendido la luz roja, y la chica risueña que presentaba aquello da pie otra vez a Arturo, pie para hablar, se entiende. No le hubiera importado a él que le diera pie para otra cosa, para callarse, por ejemplo, y en vez de disertar sobre miradas, poder mirar a gusto, en serio, mirarla despacio, detalladamente, quizá echarse debajo de la mesa redonda, con la excusa de recoger el micrófono, atrapar las ondas, recuperar el hilo, y mirarle las piernas, suponiendo que lleve falda, incluso mini, o arriesgándose a la decepción de los pantalones...

Escena parecida al loco deseo ahora imaginado le remite al testigo que observa tras el cristal. ¿Será posible que se trate de Méndez?

—Le preguntaba si hay otros títulos, otras películas, aunque no sean de Hitchcock, que puedan ilustrar este asunto...

La chica ha preguntado. ¿Desde cuándo?

¿Cuánto tiempo lleva Arturo callado sin deber estarlo? Es urgente recordar lo verdaderamente contemplado y no soñar que se contempla lo quizá imposible. Aguardan los oyentes.

—Mabuse, por ejemplo, es un mirón. Y no sólo el Mabuse genuino, sino el heredero del testamento del doctor, ese malvado canalla que todo lo mira, que fisgonea desde varios monitores de televisión las vidas y las muertes de los que habitan un hotel, en la última película que dedicó Fritz Lang a tan siniestro personaje. Ése sí que era un *voyeur* perverso. Y absolutamente mentiroso: siendo un mayúsculo observador, se hacía pasar nada menos que por ciego. Contemplen su ironía...

Ha sido necesario introducir un boletín que informa de los partidos de fútbol. El mitin cinéfilo-*voyeurista* se corta tal que un coito interrumpido o un glorioso avance onanista, que ha desgraciado la visita inoportuna.

La chica de la radio ofrece un pitillo al experto en miradas, y se deja contemplar un poquito, aunque no más que el rostro, la sonrisa redonda, los ojos claros, el aire maternal e infantil a un tiempo de hembra sosegada, aunque pícara. No quisiera Arturo otra cosa que mirarla cada vez más, y que el fútbol durase, y que el piloto rojo no avisara para continuar la erudición de otras películas mironas, pero es otra mirada lo que le inquieta ahora, ojos más allá del cristal, una complicidad imprevista. Y no suele gustar al contemplador ser contemplado.

—¿O sea, no te gustaba que yo mirase mientras tú...?

Méndez y Arturo toman una copa en un lugar con música feroz, junto a personas oscuras que comen hamburguesas, flanqueados por los vídeos que ofrecen a Michael Jackson tornándose licántropo. ¿Por qué han venido aquí? Quizá entre tanto joven sonámbulo o gente dislocada, sin luz directa, repletos de tal forma de soledad sonora, pasen disimulados y prefieran esta impunidad para sus confidencias.

—... me refiero a entonces: hace...

—Lo menos, veinte años —precisa Arturo—. ¿Qué es de tu vida?

—Ya ves, mirando siempre. ¿Tú lo mismo?

—Yo no te miraba entonces.

—Pero mirabas otras cosas. Chicas desnudas en revistas.

—No había en esa época revistas de chicas desnudas. No en este país.

—Chicas ligeras de ropa, quizá. Yo no me acuerdo.

—Claro...

Arturo quería decir que las chicas, más o menos vestidas, no eran lo que interesaba a Méndez. Entonces. ¿Quizá ahora sí?

—En eso no se cambia.

—Yo he conocido algunos.

—¿Que acaban casándose, o algo así...? No quiere decir nada. No quiere decir, al menos, que uno cambie de gusto o de tendencia. Cambia de actitud porque cambia de ropa, porque se dedica a llevar oficialmente el uniforme falso.

—Aquí podemos mirar lo que uno quiera: chicas y chicos. Ellos no se enteran. Aman, beben, bailan, duermen, deambulan; parece que no están, o que no son, o parece que son, que están, solos, sin nosotros. Pero sí están para que los miremos. Hagámoslo. Hay terror, hay misterio, en estos sitios. Hay como un suplemento onírico, escalofrío adicional...

—Se mueven mucho. O no se mueven nada, y no parecen vivos...

—¿A ti nunca te hubiera gustado contemplar muertos?

—No soy tan literario. Tú ya, de crío, eras un soñador.

—Todos los onanistas mirones lo somos. ¿Qué es sino sueño hacer el amor con fantasmas, no tocar...? Lo nuestro es desperdicio, poesía.

—Y vergüenza.

—Quizá más en tu caso.

—Quizá, tienes razón; porque mirar mujeres es lo que habitualmente hacen todos los hombres, pertenezcan o no a nuestra cofradía.

—A ti no se te notaba demasiado lo de los chicos..., salvo cuando...

—Había que mantener agazapados los instintos, amordazar la mirada, disfrazar el deseo... Los maricas de entonces hablábamos mucho de mujeres, las valorábamos incluso con las palabras. Para disimular.

—... pero los ojos se os iban para otros.

—¿Te diste cuenta pronto?

—Solía estar, durante aquellos campeonatos, atento sobre todo a mi excitación, y al objeto justificador, aquellas señoritas de papel que me proporcionabas. Más que nada, pendiente del final, acelerando el clímax, porque yo quería ganar. Tú no, claro. No era el premio lo que buscabas.

—Me ocupaba en mirarte. Casi siempre te permitía ganar... No te toqué nunca. Tú no me dejabas. ¿Es porque lo sabías?

—Yo siempre he entendido la masturbación de

forma totalmente individual. ¿Pero hubieras preferido tocarme?

—Es posible que no. En tal caso, quizá me hubiera resultado más difícil ocultarme. Y a lo mejor ganaba el concurso, así, de pronto, sin pretenderlo; orgasmo súbito.

—No suele haber orgasmo en nuestro estilo. Eyaculación, más o menos placentera, pero sólo eso.

—Así acaba siendo cuando pasan los años. Pero entonces eras muy joven. ¿No conseguías estallidos magníficos, gloriosas victorias, no tocabas el cielo?

—¿Y dices que no eres literario?

Por calles de Madrid en otoño ventoso, dando vueltas a la noche, los dos contempladores siguieron desgranando sus puntos de vista sobre mirar la vida. Papeles daban saltos de los depósitos recomendados por el Ayuntamiento, y volaban por la calzada, sin respetar las señales de tráfico. De noche, la ciudad vive mucho, a pesar del miedo al navajazo, sin cohibirse por este aire loco que casi parece primaveral, pero que puede constipar al más fuerte. Méndez se hubiera cogido del brazo de Arturo, protegiéndose de la ventolera, pero no se atreve.

—¿Encontraste en la vida otros camaradas de competición?

—Siempre hay chicos que quieren ganarse unas pesetas.

—¿Y qué tal te fue?

—Con alguno, demasiado bien. Lo entendieron pronto. Cambian las costumbres con el tiempo, y hubo muchachos que no parecían mal dispuestos a entrar en contactos más íntimos... Pero, ¿tú qué crees, Arturo, vale la pena enfrentarse con el otro, intercambiar deseos por si puedes compartir el placer?

De una esquina donde el aire daba seriamente la

vuelta, surgían gentes de la noche. En otra ocasión, Arturo les hubiese mirado, calibrando quizá sus méritos, pero ahora pensaba.

—Ése es el problema central. En eso consiste exactamente lo que nos pasa a nosotros con la vida... ¿No soñaste nunca que veías una película, y que acababas entrando en ella? Buster Keaton, sí. Y yo, muchas veces. El resultado, casi siempre, es malísimo. Sobre todo si no lo estás soñando. Meterte en aquello que contemplas trae consigo muchas decepciones. Decepción de ti mismo, en primer lugar, y eso no es poco... Pero suele ser tan atractivo a veces lo que miras... Cuesta trabajo mantenerse espectador y ser capaz de renunciar a vivir el espectáculo. Hace falta mucha fuerza de voluntad para seguir fiel al camino trazado.

—Por eso, en ocasiones, es mejor contemplar con los ojos cerrados.

—Parece que seguimos con la charla de especialistas. Si esa guapa muchacha de la radio fuera una profesional tan competente como los espías del «Circus», nos hubiera colocado un magnetófono en la chaqueta.

—A lo mejor lo ha hecho. Busquemos, por si acaso.

Méndez mira en sus propios bolsillos, no en los de Arturo. Sigue sin atreverse, o sin querer, tocar.

Al final, se despiden. Quizá no vuelvan a verse. Y no se han preguntado señas, teléfonos, datos del tiempo transcurrido. No van a encontrar fácilmente a otro con quien hablar de estas cosas. Quizá prefieren no encontrarlo.

Mañana hay que ir con papá al médico. ¿Cómo será la soledad de Méndez? A lo mejor se masturba esta noche con los ojos bien cerrados.

¿Y la soledad del padre de Arturo? Quizá se alimente de recuerdos de encuentros. Lo suyo no fue sólo en la vida contemplar, por eso quizá eligió un trabajo para ser contemplado. A papá, se dice Arturo, siempre le interesó la gente para algo más que mirarla.

Hubiera sido bueno, quizá, probar con la chica de la radio. Esta noche soñará con ella. ¿Para qué nada más...?

5

Al llegar al Ramón y Cajal, llamado popularmente «Piramidón», una gigantesca cabeza del sabio don Santiago escruta a los enfermos, acompañantes, simples curiosos o automovilistas de paso. Arturo cruza a la derecha y abandona al ilustre de piedra, atraviesa un pequeño túnel y sufre, como de costumbre, la dificultad del aparcamiento. Su padre ya manifiesta los primeros síntomas. El hospital le desequilibra. Y el tratamiento le deja luego hecho un manojo de nervios.

—Pero si ya lo sabes. Es sólo un goteo.

—Un goteo que me desquicia, claro que lo sé.

Además del efecto objetivo que produce en su organismo la quimioterapia, al padre de Arturo el sanatorio le recuerda inexcusablemente su enfermedad. Y no puede evitar reconocer a tanto canceroso en las salas de espera. Cancerosos madrugadores en los sillones de gutapercha, cancerosos inquietos por los pasillos, cancerosos locuaces que relatan los detalles de su dolencia, cancerosos obscenos que muestran sus prótesis, sus agujeros, sus hinchazones, sus vendajes; cancerosos infantiles de pelo rapado, mujeres sin un pecho, ancianos amarillos que esconden el cigarro si pasa un enfermero o les llama el doctor... Arturo se inventa un quehacer, va a comprar revistas, a tomar café, simplemente pasea, alejándose de la sala:

—Tú quédate aquí, no vayan a llamarte.

Y deja a su padre solo con los condenados, indefenso entre la muerte. Pero se arrepiente en seguida, y vuelve, preocupado de que haya tenido que enfrentarse solo al martirio. Siempre regresa a tiempo. Ese día, después de la sesión, el médico quiere hablar con él a solas:

—Su padre ya no reacciona a la quimioterapia.

—¿Qué se puede hacer, entonces? Él no querrá operarse.

—No es necesario. Quiero decir que es inútil. El tumor está ya muy extendido. Sólo queda tratarle con radio.

—Pero eso equivale a decirle qué tiene...

—Piénselo. Negar esa posibilidad sería abandonarle.

¿Acaso no preferiría él ser abandonado? Abandonado a las novelas policíacas, a los telefilms, a los programas radiofónicos de alta noche... ¿Quién le dice: «Papá, hay que aplicarte radioterapia. Pero no te preocupes, no tienes un cáncer...»?

—¿Qué te ha dicho el médico?

—Nada. Rutinas...

—Pareces un policía torpe queriendo despistar a un sospechoso. Nadie dice eso de «rutina» salvo en las novelas policíacas...

De vuelta, pasan otra vez en el coche ante la mirada del Cajal de roca, y abandonan el «Piramidón». Arturo va muy atento para no equivocarse una vez más de carril, como casi siempre.

—No me hables ahora, que nos podemos ir a Burgos...

—¿Es que vas a callarte lo que hablasteis? Al enfermo no se le dice nada. Que le zurzan... Pues si me voy a morir, tengo derecho a saberlo.

Ya está, ya lo ha dicho. Y se arrepiente en el acto, menos mal que su hijo sigue preocupado con la dirección y no va a contestarle.

Edgar Allan Poe se sube a los zapatos de Arturo en cuanto abre la puerta. Hay dos cartas del banco en el suelo.

—Números rojos, supongo. Tendremos que echar mano de tu jubilación. ¿No te importa?

—Claro que no. Ya sabes que yo quiero aportar. Me horroriza que me mantengas.

—No hay cuidado. Espero que dures mucho, papá. Con tu jubilación tendrás que mantenerme a mí dentro de poco.

—Como cuando eras pequeño. Ya tengo esa experiencia.

Cuando Arturo vivía solo podía permitirse ciertos lujos. También es cierto que atravesó algunas buenas épocas de trabajo. Aquella racha de cine, por ejemplo, guiones uno detrás de otro. Y los cobraba todos, incluso aquel en que hubo que demandar al productor. Pero desde un año y medio, más o menos, y no precisamente por la incorporación de su padre al hogar, las cosas no se podía decir que fueran viento en popa. Sin que aún se hubiera llegado a la necesidad de tirarse desde un tercer piso —¿el suyo, por ejemplo, o el de enfrente? ¿Forcejeando con las chachas en el alero...?—, porque ya se sabe que estar en el paro en las profesiones liberales no es lo mismo que en el ramo de la construcción. Aquí es como si el paro fuese la situación habitual. Hay ya costumbre de agarrarse a chapuzas, de no tener nada seguro, de vivir del aire.

¿Forcejeando o espiando, luchando activamente, o resbalando mientras contemplaba, ya no desde su casa, habiéndose atrevido a cruzar la divisoria, colgado de la ventana de enfrente, de noche, mientras se desnudan? Eso es suicida, pero no es suicidio. Y además, realmente, tampoco estaban tan mal las cosas. La pensión de su padre ayudaba un poco. En la Sociedad de Autores siempre se podía pedir un adelanto a cuenta de lo que roban todos los años. En libros ya casi no gastaba un duro. Desde que empezó a publicar pequeñas notas críticas, en la mayoría de las editoriales existía una ficha con su nombre y dirección, que le suministraba ejemplares gratuitos de forma mecánica, constante e inacabable. Y dos hombres solos tienen pocas obligaciones. Con el sexo se las arreglaban de forma bastante autosuficiente. En cuanto al servicio doméstico, cada vez —quince, veinte días— que el polvo o los cacharros mal lavados, la ropa, exigían una seria actuación, el padre de Arturo recurría a una vieja asistenta de toda la vida: la Mari Luz.

Con la Mari Luz no había miedo de que ninguno de los dos señoritos se propasara, ni siquiera de forma oculta, solitaria y onírica. La Mari Luz era una mujer espantosa, y olía fatal.

Susanita tampoco olía a rosas. Y sin embargo, Arturo tuvo a su costa algunos devaneos onanistas. Había sido la criada de los primeros años en que él vivió solo, y en que por miedo al total aislamiento, o por presumir, probó una temporada a gastar servicio fijo e interno. La cochina Susanita vivía en casa, en el piso de un Arturo más joven y emprendedor. La cochina Susanita no era muy agraciada de rostro pero tenía un culo bastante perfecto, y aunque las tetas se adivinaban mínimas bajo blusas, vestidos, camisas y jerseys, en su mirada había una cachondez que invitaba, a pesar de los pesares. El pesar de mayor peso era, sin duda, el mal olor de su escasísima higiene. Y algunas inmundas costumbres como la de no tirar de la cadena del *water*. En cuanto a la lujuria de sus miradas, Arturo sabía que los ojos de Susanita estaban clavados en su bragueta con absoluta puntualidad cada mañana, al levantarse él y solicitar, generalmente confuso, el desayuno. ¿Por qué Arturo nunca pasó a mayores con la cochina cachonda Susanita? Ah, ése es el *quid* de la especial personalidad sexual de Arturo. ¿Por qué ni con Susanita ni con Margarita ni con Zutanita, ni con ésta ni con la otra, ni con la de más allá, ni con chachas ni con amigas, ni con primas ni con furcias, ni con mozas ni con maduras? Así era Arturo, y no hubiera sido él de haber sido diferente. Él era un contemplador, y aquel día, por la mañana, en que llamó a la puerta de Susanita, porque a la chica se le debían haber pegado las sábanas, y él tenía que salir a hacer unas cosas, ese día que pudo haber sido definitivo, la susodicha contestó desde la cama, con voz sensual y adormilada:

—¿Quiéen? ¿Quée pasaaa?

Al señorito se le puso gorda nada más oírla, aunque inconscientemente también debió imaginársela. Y al otro lado de la puerta bien cerrada era inapreciable el olor habitual.

La propia Susanita abrió la puerta de su santuario. Bragas por todos los sitios, y sostenes. Como si fuera un desordenado almacén de ropa interior. Ropa arrugada, sórdida, casi seguro que con manchas inconfesables, que a Arturo le dio más asco que lujuria.

Susanita —y eso fue de una evidencia insultante— nada más darle paso volvió a tumbarse en la cama. ¿Debió entonces Arturo abalanzarse sobre ella, olvidando la repugnancia que le inspiraba su desaseo? No puede exigírsele tanto a la personal debilidad por el servicio doméstico. Aunque la fámula estaba despatarrada y se hacía la medio dormida, con una sonrisa bastante diabólica, esperando quizá el ataque. Pero si el asco puede ser, según, cómo y cuándo, hasta afrodisíaco, también, según, cuándo y cómo, arruga el ansia.

Ahora, en estas alturas de la travesía, Arturo se conformaba contemplando a las de enfrente. Y no debiéramos decir «se conformaba», expresión que indica renuncia y acomodo. Nada de resignación, en absoluto. Contemplar la casa de enfrente era el paraíso del mirón: espectáculo y placer sin el menor compromiso. Para estas cosas es fundamental guardar las distancias.

Pero incluso en este juego entraban las pasiones. Toñi y Carmen seguro ni sabían de la existencia de su espía. Pero él experimentaba por ellas no sólo espasmos de partes pudendas sino también sentimientos. Los celos, por ejemplo. La contemplación pura tiene sus servidumbres: otros viven mientras tú miras.

Arturo mira hoy y ve a un chico en la casa de enfrente. Por la ropa, por cómo se miran la chacha y él, es chico de la casa, hijo de la patrona, el señorito, pues. Lleva la camisa abierta, todavía hace calor en este otoño, y va a servirse un vaso de agua del grifo, que debe salir fresca. ¿Toñi, Carmen? Espera, no la veo bien. Una de ellas, que ríe. Le encanta la presencia del macho joven, señoril, condescendiente con la diferencia social. Es Toñi, sí, la morena, con su uniforme blanco, que ladea la cabeza y mueve tiernamente el pelo en un gesto que desde ya va a enamorar a Arturo, aunque lo hace, claro, para cautivar al otro.

¿Van a tocarse o no? Ya está bien de reír y mirarse,

y esos nervios, y dale al grifo, vaso tras vaso para no marcharse él de la cocina.

El mozo pasea su palmito por el lugar, exhibe su torso, le acerca a Toñi un dedo a la cara... Pero no la toca. Y Arturo necesitaría ver contacto. Hay celos, sí. Celos furiosos, pero hay excitación, y de eso se trata el contemplar. Le incita el erotismo, le pone cachondo el fuego latente de esas idas y venidas, ese acercamiento y retroceso, pero le pondría —¿o no?— aún más si pasaran a mayores.

De pronto, ambos desaparecen de su vista. Como por arte de magia. ¿Se habrían tirado al suelo para follar por fin? Lo habrían hecho para ocultarse de él, porque está claro que no hay nadie más en la casa, si no de qué la chacha y el señorito jugarían a lo que están jugando...

Pero no. Se han ido a otra ventana, a otro cuarto. Al de ella, al de ellas, aunque esta vez sólo hay una, y Carmen ni se sabe dónde está ni qué hace. Con el novio, seguro, y en similares peripecias, supongo.

En la alcoba todo es más intenso y nervioso. Toñi le da al chico un cigarro del paquete que debe guardar en su mesilla. El chaval lo enciende cerca de ella. Hay tensión y lujuria, ella echa atrás rostro y cuerpo, el mozo apoya un brazo en la pared, guardando a Toñi dentro. Y algo debe pasar, tiene que ocurrir ya, un beso por lo menos. Arturo está celosísimo, pero su erección es ya tan poderosa, que es imprescindible abrirse el pantalón. Y tal calentamiento le recuerda a Rosita, la del trébol. Y a Mercedes, la menuda extremeña, cuyos amantes le tenían como loco, cuyos jadeos le ponían a cien, cuyos polvos le hacían sufrir y gozar en mezcla dolorosa y superexcitante. Ambas historias merecen, sin duda, capítulo aparte.

En cuanto a los de enfrente, nada ha ocurrido por

esta vez. Una llamada —voz, timbre, desde aquí no se oye— exige a la mucama salir pitando a algún servicio. ¿No estaban, pues, solos en la casa? El *suspense* fue mayor, entonces. Y ahora, la evidencia del peligro ha roto el juego.

El chico se queda solo unos segundos, chupando el pitillo del sexo frustrado. En seguida se va, claro, ése no es su sitio. Arturo, como en las más convencionales historietas eróticas, hubiese aprovechado para investigar en los cajones de lencería íntima.

6

Se acababa el otoño, se olía el ocaso. Y era el tiempo del cambio, aunque Arturo no advertía ostentosas mudanzas en el clima. Pero el calendario es el calendario. Mientras no se decida rendir tributo a la evidencia alterando el hábito secular de las fechas, el otoño se acaba cuando dicen que se acaba. La verdad es que durante los últimos años, cierta obstinada arbitrariedad en las estaciones del año podía incitar a la reflexión. ¿No sería mejor retirar la confianza a un supuesto ritual que se estaba demostrando impuntualísimo? Pero algo en el aire susurraba que el cambio iba a llegar en seguida, quizá mañana.

Mientras tanto, esta tarde era posible demorarse al cachito de sol, otear el cielo, los tejados, las veletas, las vallas publicitarias, respirar la calle y los autobuses, vigilar las eternas obras del Metro, espiar a la monja, mirar sin abrigarse a lo que hubiera enfrente. Todavía Arturo sorbía sus cócteles con hierbabuena y dejaba caer el día al aire urbano de su terraza, contemplando.

Rosita fue locura de anterior contemplación mucho más sórdida. Entre la ventana de aquella casa de huéspedes en la calle Lagasca y el agujero por donde se divisaba a Rosita no había calle, ni gente, ni monja, ni sol. Era un patio interior con ropa tendida y cagadas de pájaro, con persianas desbaratadas y manchones inconfesables. Por los tragaluces, ventanucos, lucernas, balconcillos, boquetes, celdas o cratículas de la entonces casa de enfrente, había que adivinar más que guipar como Dios manda. Cabezas pelonas, culos columbrados tras cristales que debieran ser opacos, respiraciones nocturnas que casi podían tocarse, ruidos mal disimulados llamando a la imaginación. Aquella vida tan próxima a su ventana —el patio era mínimo— le entraba por el alma más que por los ojos. Tras aquellas paredes, la gente sobrellevaba su encierro con la misma fatiga heroica que en el otro lado, donde vivía precariamente Arturo. Y, sin embargo, ahora, en la memoria, le parecía que todo el episodio de Rosita fue cosa divisada por completo, vista a la perfección, tan contemplada como la agonía de este otoño radiante que se le ofrece hoy, mientras sorbe su copa de ron, soda, marrasquino y limón. Y una rama de hierbabuena, que no se olvide, la ramita es el todo.

Se había instalado Arturo en aquella pensión cuando tuvo que dejar el Colegio Mayor. Poca ropa, quizá una sola maleta; y sus primeros libros, que había ido reuniendo curso a curso, con ilusión de propietario novel. Al hilo de los años, los libros aumentarían de forma tan gigantesca que, en el último traslado, un camión de mudanzas necesitó seis horas únicamente para recogerlos, trasladarlos y depositarlos finalmente en el actual domicilio de Arturo, donde él tardó más de un año en instalarlos ordenadamente.

En el actual domicilio, clasificados ya todos sus libros como Dios manda, Arturo observaba a las chachas de enfrente, mientras en el recuerdo de aquella pensión del pasado hacía titánicas rogativas por ver nuevamente las tetas de Rosita.

Aquella moza de pechos feroces se desvestía diariamente a pocos metros del ventanuco, y Arturo sólo conseguía ver al principio trazos de combinación, pedacitos de carne, retales de turbador desnudo. ¿Cómo estuvo luego seguro que la de las tetas soberbias en la calle era la misma, si desde la pensión nunca llegó a contemplar su rostro? Lo contaremos. Arturo tenía la historia tan fijada que es fácil relatarla. Fácil era para Arturo hacer ahora memoria, confundiendo a esas dos —rubia y rosa, blanco y morena— con la Rosita de quién sabe qué color, acostándose enfrente del cuarto miserable donde el portugués había dejado instalado el silbato.

Antes de Arturo, la habitación estuvo ocupada por un estudiante de Lisboa, que compartió aquella sordidez dos o tres noches con el recién llegado. Una de esas noches, cuando Arturo, después de echar la última ojeada a sus escasos libros comprados a plazos en Crédito Editorial Hernando, se despidió con un educadísimo «buenas noches», el lisboeta se llevó un dedo a los labios, y musitó con acento de fado:

—Todavía no...

Pasaron únicamente segundos. El portugués hizo una seña, apagaron la luz, y el otro sopló el silbato, ante la estupefacción del neófito Arturo.

Al reclamo sonoro, se encendió un agujero en la pared de enfrente. El lusitano le animaba a contemplar. Escasa cantidad de espectáculo, aunque por fin gran cantidad de tetas. Sólo tetas, pero hermosísimas. Las tetas de Rosita, claro. La chacha que vivía al otro lado del patio, y que al toque del silbato accedía a sacar sus pechos grandiosos al aire nocturno, para solaz del portugués, inventor del rito y la contraseña.

Otro gesto de silencio, permiso para ocupar él solo todo el exiguo marco de la ventana, y el compañero de Arturo dio el segundo silbatazo. Ahora era Rosita la que disfrutaba: ella apaga su luz. El de Lisboa la enciende, se baja los calzoncillos y exhibe sus partes a la vecina. Ella, es de suponer, pondría ahora los ojos, retirando las magníficas ubres con las que Arturo soñó desde entonces. Pero sin luz bastante no hay rostro visible, y continúa el misterio.

Cuando nuestro contemplador quedó único dueño del cuarto, recibió del generoso antecesor el silbato como quien toma la antorcha en solemne herencia.

Y la primera noche que Arturo pasó solo en la pensión de la calle Lagasca, se dispuso, trémulo, a tocar el silbato.

No se atrevía. Próximo el llamador a los labios, fría la piel por el beso metálico, volvió a dejarlo pendiente de su cordel en la pared empapelada de flores pavorosas.

A la noche siguiente volvió a pensarlo. Quizá la ruptura del hábito impediría el espectáculo. O quizá la impaciencia mantuviera ansiosa a la fámula. En las dudas pasó la noche entera sin columbrar más que tetas, posibles pieles, o quizá sombras, o seguro que dulces fantasías. Arturo terminó durmiéndose cuando casi el amanecer iluminaba con precariedad su pequeño montón de primeros libros.

Ahora, ya lo dijimos, Arturo tenía muchos libros. En el pasillo, incluso aprovechando huecos sobre los dinteles, como nichos donde las palabras descansaban en paz. En el dormitorio, en la cocina, en el cuarto de baño, en el despacho, en el salón, y dentro de cajas, de baúles, de armarios, en el suelo, sobre la televisión, en las mesas. Cuánto libro, Dios mío. Y papá no tenía bastantes policíacas. Se estremecía sólo de pensar en posibles futuras mudanzas.

El traslado a esa pensión de la calle Lagasca sólo había precisado el trasportín de la moto de un amigo. Y los contados libros de entonces fueron poco leídos, pues de noche —la hora en que siempre acostumbraba a hacerlo— la patrona tenía la luz francamente racionada. Y la inquietud por Rosita no permitía otras atenciones. Estuvo sólo un mes en aquel tugurio.

¿Cómo supo Arturo que la chavala de las tetas inmensas se llamaba Rosita? Recordamos haber prometido contarlo. En los treinta días de aquel alojamiento, tuvo ocasión de encontrarla en la calle. Y allí puso rostro y nombre a la misteriosa tentación del muro vecino. Él siempre puso nombres a todas.

Aquel nombre lo dijo el tendero de los «ultramarinos». La identificación vendría más tarde, en la siguiente noche solitaria y estremecida. Pero Arturo se fijó en la chica, aunque no la relacionase. ¿Cómo no contemplar aquellas tetas que casi se ofrecían al agacharse para coger la compra, que daban miedo al hendir el aire, que bailaban tan orgullosamente al ritmo de la vida? Y en el sostén llevaba bordado un trébol.

Esa noche, y sin que Arturo tocara el silbato, la moza de enfrente ofreció su exuberancia a quien fuera, por si acaso, y él vio el trébol primero, antes de caer el sujetador y mostrarse las dos cumbres con sus pezones generosamente erectos. Arturo comprendió que debía corresponder, y sin necesidad de instrumento musical, una vez que ya ella le había convocado, supo que le tocaba despojarse. Nunca había cultivado el exhibicionismo. Las veces que de chaval se masturbaba en la playa rozando el miembro bajo el bañador sobre la arena, lo hizo siempre por imperiosa necesidad, sin afán de divismo. No estaba, pues, entrenado. Debió hacerlo fatal, pues Rosita —era ella, seguro, ¿verdad?— se retiró en seguida, dejándole confuso y humillado. No volvió Arturo a intentar ya siquiera el ritual del portugués.

Una mañana de aquéllas, Madrid se despertó cubierto de nieve. Salió Arturo a hacer sus compras como de costumbre, y llevó el silbato en el bolsillo, como también de costumbre lo llevaba últimamente, quizá con la no confesada intención de presentarse a Rosita. Hasta entonces no había vuelto a verla. Y esa mañana petersburguesa se la encontró de frente, saliendo del colmado mientras él iba a entrar.

De forma automática —quizá llevaba días y noches pensándolo— sacó Arturo el silbato, y lo mostró bien patente a la chica, que se detuvo, extrañada quizá, ¿burlona?, pero con indiscutible atención.

La nieve —sucia de huellas, herida de coches— marcaba entre ellos una distancia blanca, que Rosita fue acortando con una sonrisa pícara aunque enigmática. Arturo esperaba.

El clima no permitía esa vez muchas liviandades en el vestir, y si había trébol bajo la blusa, el jersey y el abrigo, sólo sus dulces pechazos lo sabrían, en el caso de que esos pechos fueran capaces de saber algo, que bastante tenía con ser, y con ser así, de esa forma y tamaño.

Cerca, cerquísima ya los dos. Arturo se aproximó el arma a los labios. Ella se detuvo a pocos pasos. Él hizo aire en la boca del objeto, el mecanismo funcionó a pesar del tiempo en desuso, y sonó, claro, el silbato.

¿Acaso nuestro loco contemplador esperaba que Rosita, como si de flauta mágica se tratase, hiciera en plena calle el *strip-tease* sobre la nieve? No, la sensatez más elemental era consciente del milagro imposible. Pero tampoco esperaba Arturo que la moza le sacara la lengua, hiciese un corte de mangas y siguiera caminando sobre lo blanco, mientras él se quedaba allí, clavado en el frío, con el silbato todavía en los labios. Y desconociendo para siempre si el desprecio se lo había hecho —consciente— la ubérrima doméstica del otro lado del patio, u otra cualquiera —ignorante— que debió tomarle por loco o quién sabe. Las huellas de la muchacha de las tetas fantásticas quedaron en la nieve, y él ya nunca más volvió a verla.

—¿Qué piensas tú, Edgar Allan Poe?

El gato negro le miró como quien realmente no sólo hubiera entendido la pregunta, sino como quien estuviese enterado de toda la historia recordada por Arturo. Pero lo que el gato pensaba yacía en el fondo abismal donde se ocultan las secretas especulaciones de todos los gatos.

—Hacer memoria es familiarizarse con la muerte...

Esto lo dijo también Arturo, aunque bien podía haberlo dicho Poe, cuyo aspecto intelectual y macabro era por completo adecuado para su nombre y apellido.

Se notaba, sí, que el invierno iba a llegar en seguida. Ya no podía seguir mucho tiempo este alargamiento de la dulzura. Desde la terraza, gato y amo dominaban la noche, y esta vez no había espectáculo en la casa de enfrente. Olía, de verdad, a morirse el otoño.

—Cuantos más recuerdos acumulados, menos vida nos queda, felino amigo.

La llamada urgente de su padre, quizá inconscientemente convocado al reclamo de la pensada y venteada muerte, sacó a Arturo de sus filosofías, y el gato se fue a escalar muebles con libertad.

El padre estaba en la cocina, observando airado las existencias de nevera y despensa. Entre los pliegues del batín oscuro, asomaba el pijama, una prenda rojo feroz que usaba con demasiada continuidad para que pudiera sospecharse limpia.

—¿Qué pasa, papá?

—¿Qué pasa, qué pasa? ¿No habíamos quedado en chuletas de cordero?

Evidentemente, faltaban las chuletas. Un olvido de Arturo.

—Te gustan los espaguetis, ¿no? También hay empanadillas congeladas. O un *sandwich* de queso. Si quieres, hago tortilla de patata...

—Dijiste chuletas de cordero, ¿sí o no?

—Pero, bueno, mañana las tomamos...

—¿Lo dijiste o no lo dijiste?

—Sí, papá, sí, lo dije. Cómo te pones de intransigente...

—Más o menos como te ponías tú conmigo de pequeño. ¿Se te ha olvidado? Recuérdate: «Si quedamos en eso, es que quedamos, papá».

Y era cierto. Las generaciones se encuentran en los conflictos. Arturo nunca soportó que las previsiones no se cumplieran, sobre todo después de tan agobiante minuciosidad en los preparativos.

—Pues lo siento. No compré las chuletas.

El padre expulsó al hijo del cuarto del delito.

Habrá que cubrir definitivamente las plantas de la terraza. Por muy buen día que hiciera, ese cielo rojo barrunta serios cambios. Arturo se pasa la vida espiando las estaciones del año. El tiempo puede también contemplarse.

Papá se ha conformado, gruñendo, con unos huevos fritos. Mientras él mismo se los prepara, el hijo echa su inevitable ojeada solitaria a la casa de enfrente. Una de ellas (imposible saber cuál, se cambian los uniformes) parece que le mira. Ellas pueden contemplar, siempre lo imaginó, aunque nunca se atrevió a esperarlo. ¿De veras, le está mirando? ¿A él?

Arturo sale corriendo de la terraza, entra en su despacho, coge los gemelos que robó en aquel teatro londinense, y desde la ventana descubre que es Toñi, la morena, hoy de rosa, que le sonríe descaradamente. El contemplador desvía la observación de la boca a la garganta, de allí al pecho, del vientre al borde del marco que le impide ver el resto, y vuelve con los anteojos al lugar de los senos. La solidez del uniforme oculta marcas. No se puede adivinar pezones, mucho menos comprobar sostenes —con tréboles posibles— y sólo el volumen, el rosa abultamiento, un leve temblor respiratorio, elevan el potro de Arturo entre sus ingles, y dan sentido e ilusión a esta vida.

—¿Tú también quieres huevos fritos? —se oye desde el otro mundo.

A la mañana siguiente, Madrid —como en aquella lejana ocasión— se despertó cubierto de nieve. Y Arturo no había colocado plásticos en las jardineras. Los cambios son tan bruscos que cogen desprevenido a cualquiera.

7

La menuda y libertina extremeña se llamaba Mercedes, y dijimos que también merecía capítulo aparte.

Cuando el invierno estuvo bien aposentado en el observatorio del contemplador, con todas las plantas cubiertas de plástico, salvo el níspero, que Arturo pensaba inmune porque sí a las temperaturas de Jack London; cuando papá entró en un letargo por lo menos tranquilo, si no del todo tranquilizador; cuando el trabajo progresaba, lenta pero sólidamente sobre la mesa del despacho; cuando caminaba la vida directa hacia diciembre, y podía verse la tele calentitos en casa, y se vivía un nuevo compás en espera de un próximo año en el cual si no cambiaba el mundo, a lo mejor no se iba finalmente del todo al carajo; cuando los anocheceres llegaban en seguida y eran instantáneos... Arturo seguía mirando no sólo el presente, sino que fisgaba también los recuerdos, memoria de *voyeur* y sobre todo con criadas, las que habían marcado su biografía. Merceditas, por ejemplo.

Aunque nunca Arturo la llamó con el diminutivo que implicaba familiaridad. Él jamás se permitía tales confianzas con las mucamas de casa, fueran suaves camareras o rudas maritornes, que de todo le había tocado en esta vida. Mercedes, pues, y de usted con toda seriedad, aunque la moza podía parecer liviana y coqueta de tan extremadamente risueña.

Lo de las risas le preocupó al principio. La chica

no paraba de reírse y era Arturo quien obviamente le producía esa risa.

Hubo una época en que Arturo vivió solo en un viejo apartamento de altos techos, blancas paredes y ascensor prehistórico. Fueron años de tanteos existenciales, en los que a veces le daba miedo todo —la calle, la gente, la casa, la portera, los sueños— y en que, sin embargo, proyectaba a veces el futuro con loco entusiasmo: éxitos artísticos, romances violentos, viajes exóticos. Fueron años de depresiones pero también de exaltadísimos momentos más fuertes que la vida. Y en aquella época Arturo tuvo criadas. Mercedes entre ellas. No vivían con él, pero alguna, Mercedes sobre todo, se quedaba allí como en su casa. Ciertas ocasiones, aprovechando fines de semana en que Arturo viajaba, Mercedes pasaba allí la noche. Arturo solía irse con frecuencia al campo, aceptando la hospitalidad de unos amigos, matrimonio con hijos pero lamentablemente sin chacha, que le ofrecían piscina en los veranos y chimenea de leña en los inviernos. Una gente buenísima que eran ostentosamente felices.

Había en el apartamento de Arturo una habitación libre para posibles visitas, parientes o amigos prácticamente inexistentes, y si Mercedes la ocupaba esas veces, se notaba luego menos la ausencia de Arturo: a los regresos no se había empapado la ropa tendida, la chica cogía los recados del teléfono, no quedaban cacharros por fregar, y la cama le recibía acogedoramente preparada, aunque persistiera en su carencia de compañía entre las sábanas.

Arturo, claro, había pensado que si Mercedes pasara la noche en el apartamento durante la semana, él quizá hubiese podido dormir en pareja alguna vez. Pero ni se atrevió a planteárselo, ni ella dio ocasión a la aventura. Mientras se ejerce de patrón, hay que mantener muy en serio ciertas distancias. Aunque se muriese de ganas por acariciarle las rodillas, o palparle el culo cuando se agachaba para hacer limpieza debajo de los muebles.

No era una chica espectacular, pero tan atractiva... Aquel mohín con el labio superior, aquellas manos bailarinas, aquella cinturita tan abarcable, las marcas gemelas punteadas tras la blusa, y el cuello. Dios mío, el cuello, el cuello, el cuello. El cuello, qué fijación. Mercedes debía tener poco más de veinte años. ¿Qué padres desnaturalizados la exponían regularmente a la lujuria de los señoritos solteros y maníacos, capaces de comérsela viva en cualquier jornada laboral, empezando —si tenían buen gusto— a devorarla, claro, por el cuello?

Mercedes venía de un pueblo extremeño, raza pródiga en emigración fregonil, y su familia había producido trece hijos, cinco de los cuales —según constaba en las fotos amorosamente manoseadas del monedero que Arturo había espiado convenientemente— eran o iban a ser mocitas tan apetecibles como la fámula que se reía tanto al cruzarse con su jefe por el apartamento.

—¿De qué te ríes? —le preguntó Arturo unas cuantas veces, al principio.

Y como no consiguió respuesta mejor que sucesivas risas cada vez más nerviosas, decidió renunciar a la investigación. Y a muchas otras posibles vías habituales para comunicarse con la extremeña, pues Arturo era incapaz de entender buena parte de lo que la chica hablaba, tono y cadencia cerradísimos que debían de ser música propia de la raza natal de Mercedes, dentro de esa noble región que había dado en tiempos tanto conquistador de las Américas, y que ahora surtía al país preferiblemente de cocineras y tatas, huidas de la miseria y la imposible planificación familiar.

Quizá esos padres ignoraban los peligros a que la moza se exponía en los madriles. Mercedes vivía con una prima en uno de esos barrios de nuevo cuño, rebañados al desmonte y al pasto de cabras. Por eso, cuando se le hacía tarde, Arturo, calculando el trayecto y el madrugón de mañana, hubiese querido poderla ofrecer su casa para dormir. Pero estando él, respirando —¿quizá atento y jadeante?— en la alcoba cercana, no era honesto, si Arturo pensaba en los humildes padres prolíficos y proletarios del campo extremeño. Y además, ella se hubiera reído como loca, como siempre, como si no le hubiese entendido, o quizá, como si hubiera entendido demasiado.

Cuando él se marchaba era distinto. Y la chica lo hacía con gusto, encantada incluso. Se la veía decente. Y servicial. Lástima de abismos sociales y dificultad de comunicación. Porque le gustaba la chica. Y no sólo el cuello. Aunque el cuello, el cuello, el cuello... Jesús, el cuello, qué obsesión.

Un fin de semana, Arturo tuvo que dejar a sus arcádicos amigos de repente. Le resultaba imprescindible la lectura inmediata de un libro. Y el libro se había quedado en casa. No pudo retenerle la felicidad paradisíaca que reinaba en el hogar de sus anfitriones. El ambiente idílico que respiraban la pareja, sus dos vástagos, el gato *Napoleón* y los perros que correteaban plácidamente por el jardín, no contuvieron al lector apasionado que precisaba con urgencia saber hoy, ahora, sin falta, el destino de aquellos judíos polacos, habitantes de las páginas que había olvidado sobre su almohada. Y que Mercedes habría colocado en la mesilla, tras hacer minuciosamente la cama, como era su costumbre los fines de semana en que no regresaba con su prima Luisa.

Mercedes no se había dedicado, precisamente, a «hacer» la cama en aquella ocasión, y quién sabe en otras cuántas. Pero tampoco era el libro de Isaac Bashevis Singer el motivo real de la súbita vuelta a Madrid de Arturo. No podía convivir más con la dicha absoluta, le era insoportable seguir asistiendo a la realidad insultante de aquella perfección, ni a pesar de la tele en color y las exquisiteces culinarias con que adornaban sus amigos el caritativo empeño de recordarle su condición de marginado solitario sin casa en el campo, sin hijos, sin perro, aunque con gato, sin cuadro colgado en el comedor representando a la familia más unida del mundo. Y Arturo huyó sin dilación, arriesgándose a cortar el suministro de hospitalidad semanal, o de darle un susto de muerte a la pobre Mercedes. Sospecha ninguna, qué va, él estaba tan seguro del recato de Mercedes como de su propia desaforada rijosidad... Aquel cuello, aquel cuello que reposaría solo e inocente sobre la otra almohada donde no se había olvidado Arturo el pretexto literario. ¿Volvía el lúbrico antes de tiempo en búsqueda inconsciente de ese dulce bocado?

El primer escollo, la sorpresa inicial fue abrir la puerta y encontrar echada por dentro la cadena. ¿Lo haría para protegerse de los asaltadores, del parado delincuente por desesperación, de los violadores furiosos..., de los violentos macarras, de los negros de Harlem?

Dale que te dale al timbre y Mercedes no venía. Si la cadena estaba puesta, tenía que haber alguien. Y al fin llegó, despeinada, con ojeras, justificando la tardanza por el sueño profundo, en camisón quizá transparente. Y sin sorpresa. Arturo se disculpó más de lo que parecía pedir la actitud de ella. Farfullos, toses, gestos, palabras musitadas, una teta entrevista, nervios, Jesús el cuello, el cuello, estornudo. «Vete a la cama, hija. Te vas a enfriar. Vamos. Ya no hace falta el cerrojo. Estoy yo aquí.»

Cuando Arturo intentaba conciliar el sueño, oyó el primer jadeo, el primer ruido de somier, el primer suspirazo. No quería dar crédito a sus oídos. La excitación del miembro, su crecimiento a tope, eran efectos posibles con sólo el incentivo de la imaginación. Procuró olvidar y dormirse, o masturbarse y también dormirse, pero no se dormía.

Risitas, leves, ahogadas, risitas con disimulo, un grito. Ya no pudo más él y salió al pasillo, como quien va a buscar agua a la cocina —simulando que aún le quedaban dudas— y se detuvo frente a la puerta donde se suponía que Mercedes yacía sola. Ese cuello.

Al rumor de sus pasos, total silencio. Silencio excesivo, ni roncar, ni siquiera moverse la cama en gestos normales del sueño. No. Aquello era vida en suspenso, fingimiento absoluto. Tanta mentira daba ya el sí definitivo a la sospecha. Arturo se acurrucó en el pasillo, con el oído pegado a la puerta, esperando. Y poco a poco, involuntariamente, se fue quedando dormido. Con el vaso en la mano.

Le despertó un bramar de fiera, casi un aullido, y pronto:

—¡Schss! ¿Estás loca? Le vas a despertar...

—Ay, amor, amor, amor, si es que no puedo resistir...

Arturo estaba helado ahí sobre la baldosa, hecho un ovillo, pegado el oído y el alma a la frontera de esa oculta lujuria. Pero helado y todo, su potro, alerta, se estaba escapando del pijama.

—Otra vez, otra vez... Ahora sí, ahora. ¡Métemela!

Entonces se le cayó el vaso con el que pretendió engañarse al saltar de la cama. Añicos el cristal. Y otra vez silencio de disfraz, ocultamiento de lúbricos solapados, nueva pausa para el frío, la inquietud, la vergüenza, la envidia y el suspenso del escuchador, que esta vez no contemplaba. Y lo intentó sin suerte. En la cerradura, alguno de los astutos amantes había cegado el orificio para estar más seguros.

¿Qué debía haber hecho el patrón? Golpear quizá la puerta, echarla abajo, manifestar a voz en grito la sorpresa, el dolor de la confianza traicionada, las ganas que tenía de meterse él en la cama de Mercedes, y que ella le dijera:

—Mi amor... ay, mi vida, ay... ay..., eso. ¡Ayyy!

Y el cuello, él le mordía el cuello, le chupaba el cuello, le arañaba el cuello, le destrozaba el cuello. Pero en lugar de eso, recogía los cristalitos del vaso, sin hacer ruido, ocultándose en su propia casa como si él fuera el ladrón, el negro de Harlem, el violador, pero sin ser nada de eso, siendo sólo un pobre espía vergonzante, un amo incapaz de reconocer que había descubierto la travesura del sirviente.

¿Te gustaba la travesura de Mercedes, verdad? Vamos, Arturo, reconócelo. Ha pasado ya el tiempo, es como una novela escrita hace bastante, y puedes leerla y juzgarla este invierno objetivamente y con sinceridad.

Te gustaba el asunto. Por eso no le dijiste nada. Al día siguiente, callado como un muerto, aunque de mañanita habías oído cómo el afortunado se marchaba despacio, silencio, disimulo, aunque la Mercedes, sin risa ese otro día, nerviosilla, le miraba con susto, esperando un detalle, una seña, un reproche, un indicio del secreto desvelado por el patrón. Y sin embargo, Arturo, ¿qué hiciste con aquello? Facilitarle el plan.

Desde aquel día, Arturo disfrutó intentando escuchar los amores de Mercedes, investigar detalles, husmear las sábanas los lunes, vigilar sus ojeras, siempre sin demostrar sospechas, dándole libertad, apareciendo a medianoche y quedándose allí, en la puerta, ya desde el principio, antes de ir a su cuarto, sentándose a oír directamente, la noche en vela, y a veces sin resultado, quedando la duda de si esa vez Mercedes había pasado todo el tiempo sola. Y en tal caso, quizá, Arturo había desaprovechado la apasionante posibilidad de sustituir al amante. ¿O a los amantes?

—Arturo, ¿va a venir alguien a tu casa estas Navidades?

Brusco lanzamiento desde el pasado al presente invernal. Es verdad, la Nochebuena está al caer.

—¿Alguien? ¿Quién? No creo.

Todos tienen su Nochebuena organizada. Todos están casados, honran padre y madre, o se van de viaje; nadie reconoce su soledad como para exhibirla con Arturo y su enfermo, y pardiez, qué coñazo, ¿no podríamos alguna vez cerrar los ojos y que las fiestas transcurrieran para el prójimo que tanto las ama, sin obligarnos ni contaminarnos ni hacernos tanta pupa..., sin que tuviésemos que pagar el tributo?

—No creo, papá. Ya sabes que yo no tengo amigos. ¿Por qué lo dices?

—Porque yo sí tengo amigos. Y si no te importa, me gustaría invitar a una persona.

¿Cómo negárselo, si el pobre no vivirá, seguro, para el año que viene?

Mercedes se fue de aquella casa un día. Arturo jamás dio muestras de saber sus ajetreos sexuales. Pero se atrevió a preguntarle:

—¿Qué ocurre? ¿Es que te casas?

Y se rió, se rió muchísimo la menuda extremeña. Y esa vez pudo Arturo entender lo que ella le decía en su idioma:

—¿Yo? Ay, señorito, si a mí no me quiere nadie...

La primera noche de fin de semana en que Mercedes ya no estaba en la casa, Arturo fue hasta la puerta de su cuarto, y esa vez se atrevió a abrirla, y a imaginar sobre la cama un mocetón desnudo que le rasgaba el cuello mientras ella le chupaba el carajo. La soñada Mercedes vio al contemplador, y tuvo que abandonar el trajín porque le dio un ataque de risa.

Es de suponer, al recordarlo ahora, que Mercedes se reía de Arturo, como siempre.

8

Papá ha invitado para Nochebuena a una antigua novia.

A las chachas de enfrente deben haberles dado ya las vacaciones. No se las ve por ninguna ventana, ni siquiera con ayuda de los gemelos londinenses.

Arturo acababa de tener un sueño inquietante.

La carretera se llenaba de mar. Olas gigantescas se alzaban sobre ambos lados, para romper implacablemente en los arcenes. Arturo iba en bicicleta por el centro. Tenía catorce años como mucho. Y llevaba colgada en el manillar una red con patatas y cebollas. Cruzó por delante un pájaro al que el ciclista descubrió escamas centelleantes entre las plumas. Arturito apretó pedales, intentando llegar a donde fuese antes de la inundación total. Pero la carretera cada vez era más océano, y en las ramas de algunas moreras que flanqueaban el camino colgaban ya peces, como esos murciélagos dormidos pendiendo de los techos. Con la bici y por allí no parecía haber escapatoria. La rueda delantera chocó con una almeja. «Es necesario buscar otro vehículo», reflexionó muy sensatamente el que soñaba. Y menos mal que por ahí pasaba entonces un tranvía.

En el providencial transporte, Arturo consiguió poner agua por medio, y desde el ventanal de atrás vio cómo la carretera se anegaba por completo, y sobre ella, emergía un rostro barbudo y coronado, huraño pero triunfante, mostrando su tridente.

Junto al muchacho Arturo (que estaba francamente preocupado por no llevar dinero para el billete) alguien dijo a otro alguien:

—Fíjate qué cara tan normal tiene ese chico.

Reconfortado por la opinión ajena, Arturo se sintió capaz de afrontar todos los peligros y hecatombes que todavía hubieran de sucederle.

Pero, fuera del sueño, no estaba tan tranquilo. Ni podía asegurar que su rostro —unos minutos muchos años después— fuera normal del todo. Decidió ejercitar una terapia recomendada por una dulce amiga que la usó con fortuna en tiempos feroces: ir sacando manzanas del frutero, una por una. Irlas poniendo después, una a una en el frutero. Relaja mucho y devuelve cierta seguridad en uno mismo.

Si hubiera enfrente chachas, podría asentar su yo más firmemente sobre la tierra, pero no. Pena de no tener el teléfono de alguna, allá en el pueblo donde estaría pasando sus vacaciones reglamentarias. Pueblo extremeño, lo más seguro.

—¿Hornachos?

—Sí. Diga. Diga. ¡Diga!

—¡Hornachos!

—¡Diga!

—¿Pueden avisar al 24? A una chica, que se llama Carmen.

—¿Carmen? No sé, le pongo.

—¿Diga?

—Oiga, Carmen... ¿Carmen?

—Aquí no hay Carmen.

—Entonces es que tienen que avisar a Carmen. Una chica rubita, que está sirviendo en Madrid. Vive cerca, supongo.

—Ah, ¡la Carmen!

—Eso.

—Vale. Espere un poco.

—...............

—¿Diga?

—¿Eres Carmen?

—Sí, ¿quién es?

—¿Carmen, la rubita, con uniforme rosa? La que tenía una venda en la muñeca. ¿O ésa era Toñi?

—¿Tú eres el de enfrente, el que se hace pajas?

—¡Sí! ¡Sííí! ¡Ése soy yo! ¿Cómo estás, Carmen?

—Buenísima.

—Claro. ¿Te miras al espejo?

—Sí. ¿Por qué lo preguntas?

—Por saber si al mirarte ves lo buenísima que estás...

—Sí. Me miro y me toco una teta.

—Ay... Tócatela ahora.

—Me la toco ahora. Y me miro y me levanto la falda.

—Ay... Levántatela ahora.

—Me la levanto ahora.

—¿Y qué ves?

—La pierna, la rodilla, el muslo...

—¿Y el coño?

—Tengo bragas.

—Tócatelo.

—Me lo toco.

—Ay... ay... Carmen, ay...

—¿Hablan?

—¿Cómo?

—¿Hablan?

—Sí hablamos, señorita. Hablamos, y yo me masturbo. No corte, por el amor de Dios.

—¿Arturo?

—Sí. ¿Cómo sabes mi nombre?

—Igual que tú sabes el mío. Oye, ¿sigo?

—Sigue. ¿Qué haces ahora?

—Abro las piernas. ¿Te gusta?

—Me encanta.

—¿Sigo?

—Sigue, sigue, sigue...

—Pues sigo.

—¿Qué te tocas? ¿Qué miras? ¿Qué haces, Carmen, mi vida?

—¿Han terminado?

—Yo no. ¡No! ¡Que no corte, por Dios! ¡No he terminado!

Llegó la Nochebuena inevitable. Seguía sin haber chachas en la casa de enfrente. Una casa de enfrente sin chachas es algo tristísimo. Lo que faltaba para la tristeza cósmica de estas puñeteras fiestas.

La antigua novia que había invitado el padre de Arturo traía consigo todo el erotismo que lleva en sí el recuerdo por la sola razón de ser recuerdo. Luego, la mostrenca realidad se encargaba de que esa memoria erótica se descafeinase inmensamente. Pero Arturo tenía una vocación a prueba de todo. Y a pesar de encontrarse una anciana, evocó con deleite excitantes momentos secretos de una lejana pero importante relación.

Blanca estuvo pasando en casa una temporada al poco tiempo de quedarse Arturito y su padre solos en la vida, tras la seguramente justificada deserción de mamá. Blanca estaba separada y trajo a su hija, de poquísimos años. Dormía la pequeña en el mismo cuarto que Arturo.

El padre de Arturo y Blanca se conocieron en una de esas compañías formadas a base de leva en los cafés de cómicos, para un repertorio de los de siempre —alta comedia entonces, dramas rurales y algún sainete— a través de polvorientos caminos de la Patria.

Era Blanca entonces menudita, tetuda y guapísima. Arturito se enamoró de ella, y soñaba desde sus alborotadas sábanas con una inconcreta y misteriosa participación íntima en los sollozos de placer que papá le arrancaba desde su alcoba. A veces Blanca, al despedirse de su niña, le arropaba a él también, antes de irse al tálamo con su camarada de farándula, y en la memoria de Arturo quedó impreso el tacto de sus manos y la turbadora proximidad de su escote.

Blanca era más joven que su padre, y para Arturito significaba una gran confusión que él ya sabía erótica, aunque no conociera los detalles de tan inquietante mundo. A él se le ponía gorda, pero no estaba seguro de para qué. Blanca se bajaba a veces las ligas, enrollando la media por debajo de la rodilla, y Arturito sentía cosas escalofriantes que sólo habría de entender por completo años más tarde.

Ahora estaba aquí Blanca, doña Blanca, mejor, protegiéndose de la soledad en estas fiestas astutamente inventadas para subrayarla.

—Lina Mari, ¿te acuerdas?, mi hija, se ha casado hace poco. Vendrá por Madrid. Le di vuestro teléfono.

¿Blanca sabría que el padre de Arturo estaba muriéndose? Quizá vino a suavizar la soledad del enfermo más que la propia. En esos casos los favores son mutuos. Y la Nochebuena resultó para Arturo patética. Ellos quizá lo pasaron bien. Aunque la sombra del cáncer bailaba entre los platos y pesaba sobre los silencios, haciendo mueca bajo las palabras, especialmente si éstas procuraban ser festivas.

Arturo durmió inquieto. Y la pesadilla volvió, con incrustaciones del más próximo pasado.

El agonizante y la vieja amada intentaban cabalgarse en un escenario. Papá jadeaba y no de gusto. Ahogado, roto, sin fuerzas, con empeño heroico de amar, se deshacía en el ejercicio de lujuria y de vida. Blanca, las ligas de otros tiempos bajo las rodillas, floja y pálida, remangada la falda hasta la boca, recibía la imposible embestida. Y si ellos no lloraban, Arturo sí, observándoles desde el patio de butacas. Pero aplaudió al final, cuando su padre se quedó inmóvil encima del otro cuerpo, a lo mejor cumplido, pero quizá muerto.

Los fantasmas de Navidades pasadas y futuras. Ésa fue la siguiente representación onírica. Especial variante del famoso cuento de Dickens, visitaron a Arturo los espectros vestidos con delantal, llevando un plumero para limpiar el polvo, empuñando escobas, con guantes de fregar, porque las criadas eran inevitables en la vida y los sueños de Arturo. Soñó fuerte con ellas. Una de pasadas Navidades le visitó dulcemente, llevándole al Retiro, poniéndole el chupete, bajándole ropita para hacer pipí sobre la hierba... Chacha potente de imaginada Nochebuena futura alteró su dormir con el empeño de violarle en el Palacio de Cristal, de chuparle el carajo sin esperar a que estuvieran solos... Ahí en medio, delante de piperas y soldados, de vendedores de pelotas y cotufas, de músicos más o menos mendicantes, de otras chachas cuya lubricidad contenida hasta entonces se desataba por el espectáculo, y avanzaban en legión hacia Arturo, queriendo participar del usufructo, como si él tuviera para todas... Y además, por favor, si Arturito quiere hacer pipí, si necesita que le dejen libre un rato, si ya no puede más. Déjenme mear, os lo suplico, a no ser que os guste beberos la micción. Y estamos en diciembre, me voy a congelar, no es tiempo para *streaking*. ¿Por qué no nos vamos a casa? Aquí hace un frío tremendo. Vamos, espectros; venid, chicas. En casa tengo para beber otras cosas, y yo podré mear solito y lentamente, tranquilo, sin agobios. Una vez bien echado el cerrojo del cuarto de baño, *of course*. De estas locas no puede uno fiarse... Quizá en casa encontremos Navidades presentes, y ya no falte nadie al aquelarre.

Arturo se despertó en el suelo, con sus cosas al aire, y la ventana abierta. Diciembre entraba helado. No había más fantasmas en el cuarto que los ojos proteicos de Edgar Allan Poe, puntos luminosos infinitamente múltiples, que llenaban la oscuridad de miedo. También de compañía. Arturo les dirigió un saludo antes de sumirse nuevamente —ya en su lecho— dentro del universo rijoso de otros sueños.

—Felices Pascuas, gato.

9

Entrado el Año Nuevo, las chachas verdaderas, las de enfrente, habían vuelto al trabajo. ¿Las mismas? Pero no. Carmen, la sonriente rubia, ya no estaba. En su lugar, el uniforme rosa lo ocupaba una nueva, larguirucha, fea, con gafas, a quien Arturo bautizó inmediatamente Carolina. Durante el día trajinaba en la casa donde Toñi, la morena, sí seguía empleada. Y por la noche, quién sabe la razón, dormía en otro piso inferior de la misma casa, junto a otra ventana generalmente ocupada por un viejecito solitario.

Toñi deshumedece su pelo con un secador. Y no hay duda, hace gestos, saluda, se tima, guiña, recoge la atención de enfrente, y reclama ella misma esa misma atención.

¿Es a él? Arturo no sabe qué pensar. Carolina también, ahora abajo, se ríe. Arturo no sabe qué desea. Descubierto el juego, admitido el ritual, rubricada, pública y casi oficial la contemplación, no sabe si realmente tiene gracia el asunto. Y así, de pronto, le da mucha vergüenza. Mejor que no vaya con él. Le fue bien hasta ahora el impune anonimato.

Tras Carolina aparece el abuelo. El viejecito acaricia su nuca. La miope ríe que te ríe, y no, seguro, por la contemplación. Quizá el viejo, agachado al principio, le brindaba caricias traseras que antes no se veían, y la risa ya viene de entonces.

¿Y Toñi? Es casi noche. Sigue consciente de la

observación. Arturo apaga su luz, cierra los visillos, la moza continúa el juego. No es por él, menos mal, está claro: en la pared de enfrente, en el cristal de la ventana, sombra y reflejo de otro vecino demuestran palpablemente que hay un rival. Arturo lo prefiere. Sigue mirando a oscuras, detrás de los visillos, confirmando que ella provoca al otro, se contonea, mece el cabello, pasa la lengua por los labios, mueve la cabeza dedicando al ignoto su erotismo. Arturo se encoge, pega los ojos a las delgadas cortinillas... La chavala ha inclinado la cabeza, colgante, pelo negro suelto en cascada, la nuca al aire. Como en el cadalso. Siempre opinó Arturo que una melena larga complica el coito. Pero así, desde lejos, sin roce, todo ese pelo es una verdadera incitación. ¿Incitación al otro, al anónimo próximo, a la sombra, al reflejo, al vecino que no se conforma, seguro, contemplando, que le dirá cosas, que hará gestos obscenos... que quizá se cite con Toñi un día de éstos y se la folle entera, sin sueños y sin pajas, a ella misma, él mismo, los dos y sin fantasmas? La indefensión del cuello, la oferta, esa postura, invita a guillotina o violación. Arturo, oculto, empieza a trabajar su calentura.

Deben resbalar gotas del pelo mal secado a la ventana de Carolina. La fea protesta y dice cosas. El abuelo verde no se asoma. Carolina aún lleva el uniforme de la desaparecida. No lo merece. Arturo está ofendido. Pase al menos, arriba, trabajando. Pero abajo, en su casa, con el viejo sobón, no tiene derecho a seguir usando la piel rosa de aquella inolvidable. Tan risueña, ¿te acuerdas? Con ella comenzó el juego. ¿Dónde estás, Carmen? ¿Te quedaste en el pueblo? ¿Has cambiado de casa? ¿Mejoraste de categoría?... ¿O aún no has vuelto de vacaciones y puedo tener esperanzas?

Carolina hace a Toñi un gesto tan procaz que Arturo decide en ese instante que la chusca es lesbiana. Y comienza el orgasmo.

Tiene Arturo en la mano un calcetín. Y por primera vez en su vida decide usarlo como un personaje de novela que los lavaba continuamente, ante las felicitaciones de mamá por su obsesivo aseo. Lo acerca de vasija y eyacula. Si los espermatozoides no muriesen tan pronto, calcetines así podrían ser un buen banco de semen.

Las gafas se han empañado y Arturo las limpia minuciosamente. Hay que cuidarlas bien. Son el instrumento fundamental del mirón. Arturo suele llevar *kleenex* en todos los bolsillos. Los olvida cuando echa a lavar la ropa y regresan petrificados, como bolas o láminas de cemento que almidonan el interior de sus *chandals*, pijamas y camisas.

Usted, también, lector, debe cuidar sus gafas. Sin ellas no somos nadie los que miramos. Ni el que escribe.

A propósito, ¿qué tal va el trabajo, Arturo? Estos días festivos lo has abandonado un poco. Vuélcate sobre el cuaderno, aprovecha las penas, los sueños y la vida. Mete lo que puedas, que todo vale.

> «El pastor alsaciano aúlla mientras el mar inunda la carretera... Pero la sabia diosa Atenea, buena amiga del héroe, vigila el peligro y prestará su ayuda cuando sea menester... Aunque los demás dioses del Olimpo se han retirado a casita, ella siempre avizora, dispuesta sin reposo a echar

una mano a quien eligió como su protegido, en contra incluso de los deseos del poderoso Zeus... Luego vendrán a colaborar los caballeros de la Mesa Redonda, sin importarles su discutible anacronismo.»

Arturo se ha dejado fuera la polla, y el calcetín mojado reposa no lejos de la máquina de escribir... Es capaz de trasladar fácilmente atención y fantasía. Arturo, como la Literatura, puede con todo. No escribiría lo mismo, por supuesto, si su cuidado siguiera pendiente de ventanas. Pero allí ya no hay luz, el reclamo ha desaparecido, y el miembro del escritor asoma tranquilamente flaco.

A pesar de lo dicho, y mientras Arturo no escribe de los deseos de Zeus lo que su lujuria le hubiera dictado en otro instante, el padre le observa desde la puerta del despacho, con una atención muda y quizá fascinada. Porque el padre, en silencio —y quizá con asombro— le ha estado observando desde antes que el hijo corriera los visillos. Le ha visto contemplar, le ha visto retorcerse, le ha visto hacer uso del calcetín a cuadros, y luego, sin intervalo, le ha visto dedicarse a la máquina de la forma más natural del mundo.

Cuando Arturo era niño, sus padres le pillaron en plena operación debajo de una mesa. Ella quiso intervenir, él lo impidió. No le dijeron nada. Ahora tampoco. Faltaría más que a los años de Arturo fuese hoy su papá a ponerle colorado.

El padre llegó al pasillo, cruzó el comedor, salió a la terraza. La noche de enero, fresquita, estaba llena de estrellas.

Junto a una maceta, un pájaro muerto. De frío, seguramente. El enfermo se estremece por múltiples razones. Con un periódico viejo recoge el cadáver evitando mirarlo, y él mismo va a depositarlo en la basura. No había que molestar a Arturo. Estaba trabajando. O a lo mejor (a la edad de su hijo, recordaba él tener muchísima potencia) había vuelto a dedicarse al otro menester no menos respetable.

El padre de Arturo ya no puede, no sabe, hacerse pajas. Y eso hubiera sido distracción placentera de la muerte.

Le quedan recuerdos. Recuerdos de encuentros. La vida que le falta, está hacia atrás, por lo menos, empapada de encuentros. Algunos preferidos.

—No. Dije que durmiéramos juntos. Nada más. O nada menos. Yo retraigo el avance. Nos tapamos con sábana.

—¿Apago la luz?

—Lo que tú quieras.

Estamos juntos, piel con piel, mi hombro roza su pecho izquierdo. Ella tose. Quizá para interrumpir mis perversas intenciones.

La primera relación verdaderamente íntima es siempre como una novela de suspense. *Pero como esas novelas en que no sólo desconoces el final, sino que ignoras el sentido del presente. Es como pisar sin saber si eso es realmente el suelo o un abismo. Pero ahí está la gracia. De esas novelas misteriosas. Y de la aproximación a una mujer nueva, casi desconocida, maravillosa. Sobre todo, claro, si es maravillosa.*

Ella lo era. Pero yo no sabía si pasaríamos la noche en vela, mirándonos. O si dormiríamos como si no estuviésemos juntos. O si haríamos el amor a pesar de todo. O si ella era frígida. O si yo no le gustaba lo suficiente. O si tenía miedo. O si quería hacerme sufrir. O si era tímida. O si estaba con la regla. O si no tomaba anticonceptivos. O si única y sencillamente —y nada menos— quería que nos acostáramos juntos sin hacer el amor. ¿Qué sabes, qué puedes saber de una muchacha silenciosa y mágica que has conocido ahora mismo en una ciudad no tuya, y con la que compartes la cama, de pronto, rumbo a un viaje no se sabe hasta dónde?

En el misterio, en la taquicardia, en la confusión, en la inquietud, en la curiosidad, en esos pies que se rozan, en la tos de ella ahora, en el cambio de almohada, en lo que pensamos pero no decimos, mirándonos los dos, mirándonos muy cerca, contemplando y tocando, en eso está la gracia. Y la angustia.

Me atreví a rozar su mejilla. Bueno, no es que me atreviera. No pude más, y lo hice. Pero estaba prohibido. Sí, sí, prohibido. Y yo nunca he sido partidario de cargarme tabúes en un primer encuentro.

Pero, ¿habría nuevos encuentros? Yo estaba aquí de paso, y ella se quedaría en su lugar de lluvia y jardines, entre las camelias y los acantilados.

¿Pensaba entonces eso?

Sí pensaba eso, claro, que me gustaría no dormirnos, aunque no hiciésemos el amor. Y si no nos dormíamos, que —al menos— nos tocásemos. Y no sólo ahora, después de tantos años, desconozco quién comenzó, sino entonces —creo— no supe si era mano mía la primera sobre su espalda, o dedos largos suyos los primeros, viajando sobre mí.

Fue un prolongado y extenso discurrir de índices sobre piel, de palmas sobre hueso, y rincones, y superficies vivas, de dorsos de mano sobre alfombras de carne, caricia y tensión, uña que recorre despacio, nudillos depositados, miembros en movimiento. Escalofríos de sentir el tacto recibido y el dador.

Un viaje largo hacia el amanecer, desoyendo la cantidad insólita de ruidos que tiene la noche, atentos sólo a la caricia. Y a la comunicación sin una palabra. Las manos acaban en el cuerpo, no se pasa de él, hay una impenetrabilidad apasionante. Que no dejaría de serlo si penetrásemos físicamente más. La llegada a lo absoluto es siempre imposible. Pero compensa intentarlo. Aunque ella de vez en cuando tosa, y tú no sepas —conociéndoos ya tanto pero aún tan poco— si se trata de un mecanismo fugitivo.

10

—¿Quién es?... ¿Arturo?

—Sí.

—Soy Lina Mari. No te acuerdas, claro. Hace muchísimo tiempo... Mamá me dio vuestro teléfono...

—¿Mamá?

—¿Ha pasado la Nochebuena con vosotros? Dijo que lo haría.

—Mamá es Blanca, supongo... Sí, pasó la Nochebuena con nosotros. ¿Y tú, entonces, eres aquella niña...?

—Sí, claro.

—¿La que dormía en la cama de al lado?

—Tú eres el chico que dormía en la cama de al lado.

—Ya no soy ningún chico. Los dos dormíamos en las camas de al lado.

—Yo tampoco soy ninguna niña.

Quedaron a las ocho. Ella no habló para nada de maridos. ¿Sería la ex niña un regalo inesperado de los Magos? Mientras tanto, Arturo se fue a pasar el día con sus amigos José Luis y Belén, los que vivían felizmente casados en un jardín con muchos álamos.

Recordó, por supuesto, cuando Lina Mari dormía en la cama de al lado. Era un cuarto atestado de maletas y amontonamiento de paquetes y mantas, de libros y zapatos. Un cuarto pequeño, sin ventanas. Desde su colchón, Arturito miraba los armarios y los bultos, y siempre temía que se le cayeran encima. Para no dormirse con la obsesión del cataclismo, solía el muchacho cambiarla por obsesión distinta, más dulce pero mucho más pecaminosa. De ahí mismo, quizá, viniera su dulzura.

Tendría Arturo doce o trece años. Seis o siete la niña, ¿quizá ocho...? Es imposible recordarlo sin echar la cuenta, pero cómo va uno a osar echar cuentas sobre fantasmas... Hacerlo sería mayor pecado que aquella transgresión de esas noches lejanas, cuando él aprovechaba el sueño profundo de la niña, y la destapaba, y le tocaba suavemente el cuerpo, y le bajaba las braguitas, dejándoselas por el tobillo, mirando luego, encendidísimo, y pensándola mayor, mujer entera, mujer amable, mujer capaz de pasiones y locuras. Porque no es que a Arturo le gustasen las niñas. Ni siquiera ahora, madurada su biografía de mirón, le daba por la infancia. No. Entonces, cuando destapaba el culo tan pequeño y redondo en aquel cuarto sin respiraderos, lo hacía para encarnar sus sueños de crecidas damas, utilizando lo que tenía a mano. No, esa otra perversión nunca la tuvo. Aunque entonces, en aquellos años oscuros, con los cachivaches amenazadores desde lo alto del armario, mientras Blanca y papá disfrutaban en serio, acabó gustándole en sí mismo el manoseo a Lina Mari, la contemplación de su cuerpito, el mismo temor y la vergüenza de ser descubierto en tan terribilísimo pecado.

Alguna vez apareció la madre a deshora, cuando la niña ya estaba desbragada.

Hemos llegado a casa de estos chicos. Ya ladran en el jardín *Virginia* y *le Carré*, los perros, claro.

Aguarda Arturo frente a la verja. Saldrá José Luis, supongo, a abrirme. Y sale.

Vivir en el campo es una eterna ilusión de los que nunca vivieron en él. Tiene arcádicas ventajas. Lo malo es que tardan los amigos en decidirse a la visita, aunque a veces puede eso mismo ser lo bueno. Lo malo —pero también lo bueno, ellos lo explican siempre— es la desconexión, la lejanía, el aislamiento. Lo malo de verdad para los otros es la distancia, sobre todo a la vuelta. Hoy es día de Reyes, Arturo trae regalitos para Bárbara y Álvaro, y el viaje no ha sido incómodo, casi todos los ocupantes de coches se han quedado en sus casas observando cómo a los niños les funcionan fatal los juguetes. A pesar de ello hay visitas. Dos parejas amigas, cuyos nombres olvida siempre Arturo.

Virginia es una dálmata loca, *le Carré* es un doberman ruidoso y de ferocidad aparente. *Napoleón*, el gato, tiene color de miel, surca los cielos con sus miradas ávidas, y no se parece en nada al tenebroso camarada de Arturo.

José Luis es sociólogo, se acaba de romper un tobillo, y abre en este instante la gran verja que le protege del mundo exterior. Contemos lo del tobillo:

Iba uno y venía otro. No quedó claro si venía él y ella iba, o al revés. Pero el caso es que se cruzaron en la carretera. Y necesitaron los dos con urgencia darse un beso. Frenaron súbitamente, y sin preocuparse de más, cumplieron el abrazo. Pero uno de los coches (¿el de Belén?, ¿el de José Luis?) se resbaló a una cuneta. Ambos colaboraron en el esfuerzo de sacar el «Mehari» del mal paso, pero cayó el sociólogo, y aquí está ahora, escayolado por culpa de un beso fulminante y un imprevisto desliz del coche.

José Luis bebe mucho. Quizá Arturo bebe tan poco

—o bebe tan mal lo poco que bebe— que es incapaz de seguir el ritmo libador de José Luis. En cualquier caso, el conflicto alcanza límites incluso dialécticos, y mientras Arturo defiende su derecho a no beber, y José Luis se empeña en convencerle de lo contrario, Arturo pretende aclarar que lo suyo no es reproche al que bebe, sino ejercicio de libertad y de autoconocimiento, que José Luis discute, ataca, y casi siempre vence con la realidad física de las propias bebidas, cuyo desprecio por parte del otro resultaría a ultranza grosero y excesivo. Y quizá también la debilidad final resuelve la partida en un trago de más para Arturo, del que las consecuencias —por supuesto— son luego celebradas con gran risa. Aunque, desde luego, no hay mala intención por parte alguna, Arturo desearía que le dejaran, por favor, beber menos, que no le ofrecieran, por favor, tan ricos cócteles en los que el anfitrión ha puesto tanto esmero, y que, al menos, después de su derrota, ocultaran, por favor, el regocijo ante su estado.

Hoy, seis de enero, niños desperdigados por la floresta, cansándose de los nuevos juguetes, una sospecha de tormenta en el aire, Belén que riega el inmenso jardín y la huerta, leyendo al mismo tiempo una voluminosa novela de terror, empieza ya Arturo a sentir los somnolientos efectos de la enorme cantidad de daiquiris. La conversación glosa un asunto especialmente caro al invitado y al anfitrión. Otros presentes, que a lo mejor comparten el gusto por las chachas —pero que seguramente no lo han reconocido aún públicamente— escuchan, fascinados.

—Si yo tuviera en esta casa una criada de buen ver, la colocaría en ese columpio, en braguitas y sujetador, claro.

—Es mejor vestidas.

Arturo —gracias al alcohol, o por su culpa— revela sin ningún miramiento sus perversiones.

—Sí, hombre, vestida. Haz un esfuerzo de imaginación.

José Luis hace el esfuerzo. Con el pie sobre un cojín, cual Rey Papelero vigilando las obras de El Escorial, mira el columpio inmóvil. Y los dos contempladores se inventan el balanceo, colocan sobre el movimiento a su chacha ideal, y la miran fijamente. Con pasión.

—Es mejor, sí, claro. Adivinar siempre es mucho mejor...

—Cuanta más posibilidad haya de atisbar entre ropa, de explorar por rendijas, de que se alce una falda... ¿A que sí?

Y el columpio casi también se mueve para los que no ejercen oficialmente de *voyeurs*, para los testigos de la charla, que no intervienen porque reconocen la autoridad de los expertos.

La primera persona a quien Arturo empezó a contar más o menos sistemáticamente historias de sus chachas fue a José Luis. Le fascinaban. También José Luis era un vocacional de lo mismo. Pero sin ellas. No tenía chachas. No pensaba tenerlas. A Belén no le hacían falta. Llevaban una vida autosuficiente, idílica, rural, como una página de Hesiodo.

—Si hiciese calor, la colocaría en la piscina. Ahí sí desnuda, claro.

—Claro. Pero mejor un pilón.

Y el pilón que no existe surge en el centro del espacio abarcable por su hábil vista de contempladores avezados.

La fámula, morenita y pequeña, no muy hecha, una púber agitanada y algo sucia, se lava y se refriega, se enjabona y gorjea salpicando a su antojo, riendo como loca, crispando el seguimiento visual de sus espías, que se abandonan ya a la filoxera envolvente de sus marañas alcohólicas.

—¿A ti no te gusta bautizarlas?

—Ya tiene bastante agua. Y si voy al pilón a echarle más se esfuma.

—Digo ponerle nombres. ¿Cómo se llama ésa?

—¡Ah! Trini, ¿te parece?

—Quizá Petra.

—¡Mira, por Dios! ¡No te lo pierdas!

Petra o Trini se ha puesto de pie, toda su desnudez al aire. José Luis, admiradísimo, declara:

—Eso es una pelvis, Arturo, y lo demás son cuentos. Oye: ¿Nos la tiramos?

Está demasiado viva, limpísima ahora, reluciente al sol que no hace, chorreando del agua inventada. Demasiado capaz de iniciativas, Arturo quizá la preferiría muerta, dormida al menos, quietecita del todo. Pero no hay tiempo para esperar su sueño. Para que ella se muera. Lo de morirse alguien ha puesto triste el aire. Que se la tire el otro. Arturo se entiniebla, y cesa la visión. No hay agua, no hay lavadero, no hay criada con pechitos nuevos al sol. No hay sol.

Hay que marcharse. Vuelve Arturo a Madrid. Conduce un poco chispa, matarse así a lo tonto sería una poética estupidez. No pienses en la muerte. ¿Qué hubieras hecho, a ver, con la del pilón si te hubieran dejado el cadáver a solas, entero para ti, todavía caliente, apetecible y quieto? No pienses esas cosas. La muerte no te gusta. Desde muy pequeñito la has tenido pavor. ¿A qué este morbo ahora, de qué este regusto por lo que te horroriza? La chica quietecita, tumbada allí en la hierba, le separas las piernas, tocas la piel, prendes el mulso, besas el pubis. Como a Lina Mari cuando era pequeñita.

Alguna vez apareció la madre a deshora, cuando la niña ya estaba desbragada. ¿Lo supo Blanca entonces? ¿Lo supo siempre luego?

—Esta niña, por Dios, qué forma tan rara de dormir, con todo el culo al aire...

Arturo se hacía el sueco, como si no viera ni oyese. Y Blanca, en viso con puntillas, enseñando las tetas, enseñando los hombros, enseñando rodillas, enseñándolo todo, colocaba a su hija la braguita en su sitio, la arropaba, y después, sin rencor ni aparente sospecha, dedicaba su maternal cuidado al fingidor Arturo. Las tetas cerquísima, el tacto y el perfume. Cuando Blanca se iba, él transfería sus turbaciones a la niña ignorante, a la niña dormida, a la pobre infeliz casi muerta, quietísima, que a lo mejor agradecía con sonrisa inconsciente el manoseo en su vulvita imberbe.

—Hola. ¿Eres tú?

—¿Y tú eres tú?

Eran. Lina Mari, redondita y alegre. Él un poco beodo. Lugar, una cafetería donde suelen ir los fachas, y a la que Arturo acudía quién sabe si con vocación de peligros o de suicidio. No quiere estar allí. Los fachas susodichos le parecen ser todos, y siente que le observan, que a lo mejor le insultan, que esa chica de verde con un bolso va a poner una bomba en cualquier momento, que ese señor de aspecto furibundo seguramente les obligará a cantar el «Cara al Sol». Y no está Arturo para emociones tales.

—¿Vamos a tu casa?

Se sobresalta él. ¿Qué pretende la chica? ¿Dónde está su marido? Blanca habló de un marido.

—Teodoro está en Aranjuez. Tiene negocios.

Lina Mari se ha escapado a Madrid. Viven en Huelva. Se ha escapado a vivir: hacer compras, ir al cine, un restaurante exótico... Y algo más, si acontece.

—«Aconteció que en aquel momento se pusieron a ladrar los perros»...

Es la cita de un ejemplo del verbo «acontecer» en un diccionario. Usa mucho Arturo gordos diccionarios para sus escritos, sus cuentos, sus Memorias, sus laboriosos y mil veces inútiles trabajos de palabras. A veces, como si éstas se escaparan del gordo diccionario, le asaltan frases hechas. Quizá lo hacen ellas para distraer los momentos comprometidos. Vienen en su ayuda, o a fastidiar los planes.

¿Querrá ligar con él esta moza? Le halaga y le asusta la inmediatez de la aventura.

—¿Cuándo tienes que volver a Aranjuez?

—Cuando tú me eches. Pero no más tarde de mañana... Eso si todavía te gusto un poco.

«Todavía»... «Todavía está enfermo, mi primo, el pobre», recuerda el diccionario. Pero fuera palabras importunas. «Todavía» quiere, aquí y ahora, decir algo evidente:

—¿Te dabas cuenta?

—Claro.

Se daba cuenta. Claro. ¿Seis o siete, quizá ocho años? Y se daba cuenta, y se callaba, la muy puta. Es curioso, Arturo la miraba, la tocaba entonces porque la imaginaba mujer. Ahora, para llevársela a la cama —o a la cama de al lado— le gustaría niña.

—Vivo con mi padre. No es una excusa.

—Hay otros sitios...

Hoteles, misterio, carreteras, esquinas, anuncios

luminosos, crímenes, carnets de identidad. Arturo no es ducho en esas cosas. Pero ella le sonríe, le coge de un brazo, le mira con malicia, le saca del reducto nazi. Y en el coche los dos cabalgan hacia el encuentro culpable, nocturno y fatal. ¿Cómo decirle Arturo que lo suyo es, ha sido, y cree que será siempre contemplar?

Lina Mari se ha metido en el cuarto de baño. Arturo espera en la habitación que olvidará después. ¿Cuántos cuartos de hotel has querido luego recordar, volver a construir para dar a la memoria decorado, y fue imposible, incluso si ocurrieron cosas serias allí? Las habitaciones de hotel están diseñadas para la amnesia.

Incluso ésta, donde la pequeña rotunda, en cueros vivos, aparece bailoteando como si fuera una película. Arturo cierra los ojos, tumbado. La niña ya sin bragas, ni siquiera por el tobillo como entonces. Le hace cosquillas. Arturo sabe que no podrá. Lo suyo es, ha sido, será siempre contemplar. Pasa el tiempo, la noche. Ella hace lo posible. Se escupe las palmas de las manecitas para lubricar el meneo. Él la mira y se excita, pero la prefiere enfrente, al lado, no encima ni debajo, ni en su carne. Sigue pasando el tiempo. Ella es voluntariosa, pero toda vocación tiene un límite. A las horas ya sobradamente altas de la noche fatídica, Lina Mari se duerme. Sin protestar, qué cielo. Pensando que es su culpa. Ladran perros fantasmas y suenan aviones. Arturo mira: la respiración de la muchacha es de sueño profundo. «*Era muy hermosa. Estaba acostada sobre el lado izquierdo, con el rostro vuelto hacia él. Tan joven. Era como si otro corazón batiese sus alas en el pecho de...*» Palabras de un libro, una perfecta Biblia de contemplador: *La casa de las bellas durmientes*. Arturo crece, vibra, sufre, se agita, derrama. No la ha tocado. Ah, la literatura, los diccionarios... Ah, contemplar.

¿Qué le dirá mañana? Quizá sea mejor no decir nada, irse, dejarle para un taxi, como si fuera una prostituta.

11

—¿Siempre te cuesta tanto?

—¿El qué?

—Llegar.

Llegar.

Llegar, ¿a dónde?

Al final.

O sea, acabar. Punto sin retorno, al menos sin retorno próximo. Llegar es plaff, ya está. No hay a dónde ir. Has llegado, terminaste. No podrás volver. No podrás volver a llegar durante un tiempo.

Eso es correrse. Ultimado el asunto. Finiquito. Hasta Dios o el diablo sabe cuándo volverá a ponerse gorda. Llegar. ¿Llegar? Si eso verdaderamente es perderse. Es no llegar.

¿Para qué tanto interés en que llegue? ¿Para qué, amor?

Arturo, de todas formas, contesta:

—Depende. A veces. No siempre. Pero, ¿no es mejor así que irse en seguida?

Si no llegas pronto, ellas creen que no disfrutas. Tan preocupadas por ti. O que no te gustan. Tan preocupadas por ellas.

Quizá las agotas. Quizá creen que no sabes. El caso es cuestionar. El caso es que te preguntan, sospechan, dudan... Si tardas tanto en «llegar», quizá aquello no está siendo una cosa *comme il faut*.

Y si todo es distinto, si es lo contrario, ella también te inquiere:

—¿Siempre acabas tan pronto?

Qué pesadilla. Pero ella es otra. A lo mejor no eres tú el mismo. El caso es que fallan los ritmos, fallan los tiempos. Te fuiste demasiado pronto. Parece que esta vez tampoco salió bien.

La de ahora —que no es una ni otra— no quiere que se la metas. Es morena y es dulce. Es partidaria de la *fellatio*, te invita al *cunnilinguus*, permite que frotes en su vientre o en su espalda, que roces su oreja, que te masturbes sobre sus mejillas, propone sacudírtela con sus manos...

Pero la masturbación es cosa personal e intransferible. Sin soledad no vale. Tú y tus fantasmas.

—Me gusta la pasión controlada —dice la rubia de pechos largos, mirándote con ojos de loca—, hoy nos daremos muchos besos, pero no nos acostaremos todavía. Mañana quizá nos desnudemos, pero sin tocarnos aún. La vez siguiente llegaremos hasta la cama, pero sólo podremos acariciarnos. Quizá en otra ocasión...

Arturo sueña con hacerse una buena paja en la perfecta independencia de una siesta solitaria. Pero dentro de tal intimidad se le cuela la figura de una dama de piel bronceada y canosa melena que sopla despacito sobre su piel. Ambos están cubiertos de sudor, y ella refresca el húmedo bochorno con una cadencia que interfiere el «tempo» de su onanismo. Mira él hacia arriba y descubre otra chica, lozana, frutal, sin tetas pero espléndida: la de ahora ensaliva sus manos para mejor frotar su espada.

Pesadillas así no dan explicación de por qué las muchachas se cambian, las oscuras se vuelven pelirrojas, las pequeñas gorditas se hacen flacas y largas, crecen las caderas y se mudan los colores del cabello central, las jóvenes envejecen, las adúlteras se vuelven novias formales, menguan las altas, y todas las de una vida entera se montan, plurales, sobre el único soñador, cabalgando multiformes a su aire, mientras el varón yacente, despojado de toda iniciativa, tiene que ponerse a pensar en otras cosas por ver si consigue la abstracción, la huida, el descanso:

—«¿Llevaré el coche mañana a revisión?»

Bueno, sí, continúa, sigue, sí, a lo mejor me la rompe...

—«¿Terminé de leer esa novela de los benedictinos asesinados, o sigue en el montón de tantos libros por acabar sobre la mesilla de noche?»

... no me la romperá, no, qué cosa tan flexible nos dio el Señor...

—«¿Qué sería aquel polvillo oscuro que encontré en la despensa...?»

... luego, espero, si realmente no me la ha roto podré usarla yo solito...

—«... Si era para matar hormigas no debí probarlo, ¿verdad? Aunque fuese únicamente chupar la punta del dedo...»

...¡¡Ay!!, me ha dolido. Chupar es una cosa, y morder otra. Sobre todo morder con esa furia. Lástima no fuera, de verdad, veneno para hormigas. Me temo que luego no podré usarla yo solito.

—Sois unos egoístas. Vosotros, con tal de disfrutar... No os preocupa en absoluto si gozamos nosotras. Tenemos el mismo derecho a elegir posturas, momentos, ritmos, caricias, bocados, arañazos, punzadas, ataques, cortes, estocadas, abrazos, machacaduras y rasponazos.

Si no te gustan, háztelo tú solo.

A ésta también le va el diccionario.

Eso. Yo solo. Como siempre. Desvaneceos. Solito con mis espectros, íncubos o súcubos. O sea contigo, con las otras. Solo significa con todas.

Un obispo (quizá un juez) con muchas venitas rojas alrededor de los ojos, cae sobre el Arturo que se lo sueña todo, le sujeta el miembro con firmeza y declama:

—Este desperdicio, hijo mío, es un pecado gravísimo. Muchos querrían disfrutarlo. Y tú lo envías al aire, a la nada, al pijama, a la sábana, al suelo.

Y el sexólogo moralista implacable la coge entre sus labios, y aspira poniendo la boca igualito que un pez.

Arturo se despierta, francamente abochornado por el egoísmo de su variopinta pesadilla.

¿Acaso es el soñar en mujeres inconvivibles lo que *Virginia* le reprocha esa mañana soleada?

Le mira con censura, quizá con celos. Hay desaprobación evidentemente femenina en sus ojos cuando le recibe, y un tono inhabitualmente comedido en sus piructas mientras le acompaña al borde de la piscina.

Virginia es una perra muy sensible. Cuenta Belén que si llamaba una voz masculina al contestador automático cuando *Virginia* era cachorro, lo desconectaba con absoluta precisión.

Ahora se desentiende en general de los asuntos más o menos eróticos de su ama. Pero Arturo sabe que a él —hoy— le mira con desdén. El visitante ha descubierto en sus ojos un filo de cuchillo como sólo ha conocido en las feministas ofendidas por el macho.

José Luis, a quien Arturo suele llamar íntimamente *episteme*, aunque nunca se atrevería a decírselo en público, tiene sus propias teorías sobre sexo compartido y onanismo comparados. No en balde el sociólogo es también un *voyeur*, y eso les une, aunque tengan abismos entre sus ideas políticas o sus reverencias culturales.

Pero si alguien roza la frontera de lo que concierne personalmente al episteme, se ha llegado al límite de la plática sexual. En esos casos, José Luis desaparece, y prepara cócteles exquisitos, generalmente tropicales, que sólo sirve cuando la conversación ha regresado a los tranquilizadores parajes de lo abstracto, lo general o lo ficticio.

—Pero tú, de verdad de verdad, ¿qué prefieres?, ¿hacértelo solo, o compartirlo?

José Luis endurece las facciones. Se zambulle sin solución de continuidad en la piscina, y luego se irá a preparar copas deliciosas. Su vida sexual es un secreto. Belén sabrá, es de suponer.

Ha llegado el verano. El sabueso *le Carré* dormita bajo el calor que los álamos mitigan. Belén lleva un bikini azul de cuya parte superior prescinde con gran naturalidad. Arturo, reposando sobre su toalla, piensa en su adolescencia, cuando un suceso tal hubiera provocado desmanes y presencia inmediata de la policía.

En la playa donde Arturito veraneaba con sus tíos cuando papá era galán en plenitud y recorría triunfalmente España con los Festivales de José Tamayo, había un guardia para vigilar a los mirones y a los motivos de mirar.

Si a una señorita se le bajaba un tirante, evento delicioso que todos anhelábamos, que la mayoría esperaba impaciente, que constituía suceso, fiesta, espectáculo fundamental de la jornada playera, ¡ahí estaba, puntual, el celador armado! Una de aquellas viejas y memorables veces, Arturito pasó el soponcio de ser descubierto en plena operación masturbatoria.

Tumbado antiguamente en la toalla del pasado, Arturito veía transpirar un cuerpo espléndido bien cubierto por un bañador completo rojo fucsia.

Mirar así, como pueden figurarse, conlleva la ineludible obligación de ponerse cachondo. Según la intensidad y la forma o tamaño del calzón, a veces el pito asomaba por la cintura. Eso no era malo únicamente para el pudor —resguardado al menos por toalla y postura— sino para la sensible piel del glande.

Solamente podía bajar la erección, y reintegrar así el capullo a los interiores que dice la Moral, si actuaba en pos de la eyaculación, aunque dejase pringados bañador y toalla. La moza lo merecía. Esos puntitos de sudor en el comienzo de las tetas, el pubis abultado; la redondez de los hombros, las piernas separadas... motivaban de sobra esa carrera hacia el punto sin próximo retorno. Todo estaba allí contenido, el secreto de la existencia dentro del *maillot* una pieza. Y entonces llegó el guardia. ¿Iba a usar el arma de reglamento?

Algunos ciudadanos cubiertos de aceite bronceador señalaban a Arturito con el dedo, muertos de risa. Seguro que le habían denunciado. Aunque desde el privilegiado observatorio policial, metro y medio sobre el nivel de la playa urbana, debía ser fácilmente visible su ritmo espasmódico, amor entre uno solo, aunque clavados los ojos en cuerpo ajeno, tostado y rojo fucsia, frotando el pobre glande en la superficie arenosa que llenaba la toalla de anfractuosidades.

El guardia no necesitaba confidentes.

—Tú, chaval, deja de hacer guarradas.

Arturito había ido a la playa con sus primas. La coña que iban a organizar a su costa luego en casa. Si la Autoridad no le encarcelaba por escándalo público.

El vergonzoso asunto no llegó a mayores, pero le quedaría al contemplador sempiterno temor a centinelas que observaban todas sus ejecuciones de espionaje sexual, dispuestos a descargar sobre Arturo el peso de una ley que en aquella ocasión eludió por los pelos. Ya contamos en otro lugar de esta crónica que sus desahogos fueron otras veces censurados por gente de uniforme. La fijación de posible arresto devino inextirpable.

Pero en bastantes otras oportunidades de su contempladora adolescencia disfrutó Arturo sin interrupciones uniformadas. Cuando más, la atención de una madre horrorizada, los ojos de un vecino observador, la inquietud o quizá el orgullo de una hermosa contemplada. Rendijas de bañadores en áureas playas, dormidas bellezas en tumbonas que las albergaban como cuencos de manos, pechos entrevistos, muslos ofrecidos, bocas inconscientes, y los momentos culmen de quitarse la ropa, o incluso de ponérsela (dejando caer el bañador por enigmáticos sistemas), esa magia de instante definitivo en los tirantes que suben o que caen, detalles que son gigantescos para el contemplador apasionado: una rodilla al aire, los brazos hacia el cielo, soltarse el cabello o aprisionarlo, atarse los zapatos, mirarse —entonces— la costura de la media, peinarse... Los niños que soban los pechos de mamá, inclinaciones que descubren, fantasmas de un sostén —o, ay, de un pecho— a través de una tela mojada... Cuántos ojos cargados de placer solitario a lo largo de playas, lagos, piscinas, ríos y acantilados de toda una vida, Arturo. Y con la inquietud —quizá suplemento de gozo— de la posible inminente llegada de la Policía o el Ejército, dispuestos al fusilamiento del que contempla, o quién sabe si de la hermosísima causa pecadora de esas locas miradas.

Tantas veces Arturo —en aquellos anteriores tiempos jóvenes— pensó colocarse encima y decir muy finamente:

—¿Me permite?

Y abrir los muslos de la desconocida para buscar la adecuación perfecta.

Nunca lo hizo, claro. Y no sólo por el público presente, ni por el guardián de la Ley. Ni siquiera por respeto a la intimidad de las contempladas. Porque siempre le gustó más seguir mirando.

Napoleón, el gato, se lamenta por el boscaje de la finca.

—Quizá me he olvidado de ponerle su comida —dice Belén; cubre sus pechos, y deja solo a Arturo.

Pronto habrán preparado los daikiris, pero él se está poniendo triste. En el cielo se dibuja la sospecha de una tormenta. Y Arturo ha visto su adelfa.

Siempre se deprime con la adelfa. La adelfa le recuerda que está solo, que es débil, que se ha pasado la vida renunciando y perdiendo. Y necesita ahora, ya, con urgencia, irse a casa, aunque no pruebe los riquísimos, cristalinos daikiris del episteme amigo.

La adelfa que le aflige fue suya. Arturo la plantó en un macetón de barro. La adelfa tenía flor blanca, y él la amaba. Amaba el macetón, con curvas y hendiduras femeninas, que el alfarero había dado forma con sus manos cual si amasara un cuerpo. Amaba la planta arrogante, sus hojas ponzoñosas, su tallo presumido. Tanto amaba adelfa y macetón, que un verano en que salía de viaje se los dejó al feliz matrimonio amigo para que la cuidaran. Y después no fue posible ya recuperarlos...

—Comprende —dijo ella—, la planta se ha aclimatado. En tu terraza moriría de nostalgia.

—Aquí está bien atendida. Regamos con aspersor programado. No le falta nada —dijo él.

—Pero a mí me gustaría... —intentó decir Arturo.

—Además, la adelfa es venenosa.

—No pensaba probarla. Y el cacharro...

—Si lo que quieres es hacer pública tu propiedad, escribiremos tu nombre en el macetón.

—O tus iniciales.

Fue imposible.

Ahora, pasado el tiempo, la adelfa estaba francamente crecida, y Arturo experimentaba una melancolía infinita cada vez que la miraba, seguro de que ella ya no le reconocía. Como si hubiese prestado un hijo durante unas vacaciones, y los buenos amigos se hubiesen apropiado de la criatura. Por bien de ella, desde luego.

A veces, cediendo a inconvenientes debilidades, Arturo pedía regar él la adelfa. Mojaba la tierra y el barro de su macetón, y no podía resistir el espectáculo de la humedad alimenticia, de la germinación latente, de la vasija empapada con placer, sin que las lágrimas se agolparan en sus ojos, tan habituados a contemplar sin pena.

En casa, en su terraza de soltero inconvivible, en la soledad hoy abrasada por el verano, hay otras plantas, el níspero la más alta. La reciente primavera pasada él las podó, sembró cosas nuevas (si tuviera más y mejor sitio y pudiese dedicarle más tiempo, hubiera plantado azafrán, que es un cultivo de mucho porvenir). Y ellas iban viviendo mal que bien. Al níspero, diríase que pájaros o insectos nunca sorprendidos *in fraganti*, le roían las verdes, ásperas, afiladas hojas. También tenía otra adelfa, pero no es lo mismo.

Edgar Allan Poe no le hace mucho caso. Está enrollado a los pies de papá.

Arturo debería haber preparado mejor la vida para el verano —mientras quizá su padre preparaba su muerte— llenando más jardineras de hierbabuena para los «mojitos» de olorosa rama verde imprescindible. Debió surtirse a tiempo de marrasquino —cada vez más difícil de encontrar en las tiendas— para que transcurriesen sabrosos los largos atardeceres de ahora en la terraza, consumiendo en solitario, por ejemplo, un daikiri de plátano. Aunque él ya sabe que eso es una aberración, José Luis y Belén se lo han dicho bien claro, que si es con plátano ya no es daikiri, que en «Floridita» ni a Hemingway se lo hubieran consentido. Pero él lo llama así porque así le gusta llamarlo, y lo tomó con ese nombre junto a una chica amable, a la que amó durante tiempo escaso, a la que no amó casi, porque él —ya se sabe— huye en seguida de lo que es verdad, y porque necesitaba urgentemente contemplar otras cosas.

Con ella fue a una playa no hace mucho, una playa con *top-less*, monobikini y desenfreno impensable cuando él forjaba su espíritu y abrasaba su carne en los tiempos duros del nacional-catolicismo. Fue con ella, decíamos. También dijimos que era una chica amable, pero él la abandonó sobre su toalla para revisar la playa entera, para elegir posiciones idóneas de espionaje, para devorar a otras con los ojos. Repasó todo el personal, estudió a todas, se excitó con rubias y morenas, con pezones oscuros y rosados, con *slips* azules, blancos y rojos, de todos los tonos y tamaños. Las vio salir del agua como afroditas surgiendo del mito, las vio dormir al sol, tostarse leyendo una novela, cambiando de postura, paseando con las tetas bailarinas, las contempló sin pausa ni excepción. Y la dulce, amable compañera, se marchó con su toalla y su orgullo herido al caer la noche, mientras Arturo todavía miraba a otras mujeres.

Morir amando es hermosa manera de morir. Al menos eso pensaba Arturo en la agonía de este anochecer, para calmar su conciencia de asesino. Había asesinado a dos criaturas embebidas en su pasión.

Se debió quedar la pareja retrasada cuando sus congéneres desaparecían al oscurecer. Ellos estaban quizá sólo atentos al placer de su coito.

Y ahora se debaten en algo más que orgasmo, en toda la muerte que Arturo ha provocado con el gas venenoso.

Papá se ha retirado, también con muerte a cuestas, la suya, esa muerte que crece como si fuese vida, y la muerte de otro envuelta en páginas: la de su novelista preferido —Ross MacDonald— al que ha decidido homenajear volviendo a leer todas sus novelas espléndidamente iguales. Todas también monótonas de muertes. La luz de su vigilia, prendido a la lectura, indica, sin embargo, vivir. Y Arturo, en la terraza oscura, sumido en muerte contemplada, sigue los estertores amorosos al pie de una maceta de geranios.

Tardan mucho en morirse: el padre y las dos moscas. Ellas agonizan pegadas, fundidas por los sexos, desde hace tres horas por lo menos, cuando Arturo regó de insecticida el aire de la tarde. Y papá todavía no ha perdido la cabeza, no tiene aún dolores fuertes, ni se ahoga, como dicen los médicos que ocurrirá en cualquier momento. La imparable metástasis. Y quiera Dios entonces que llegue pronto el fin.

A las moscas parece que les llega. ¿Han aguantado

más por hacerse el amor, o el frenesí del coito ha precipitado el desenlace? Arturo envenenó el aire hace bastante tiempo, pero en la terraza debió desperdiciarse la mayoría. Quizá aspiró más ponzoña la pareja por el esfuerzo del encabalgamiento. Pero quizá, al contrario, el abrazo fundido, la pérdida del yo, la esclavitud recíproca, han estirado su vida hasta que ahora, oscuro el mundo, ceden, terminan, expiran, pero no se separan. Mueren los dos pegados. Y juntos los deposita Arturo en la tierra del níspero. Se lo merecen por un amor tan largo hasta la muerte.

Hay que marcharse, Arturo. En la casa de enfrente no hay criadas. Ni patronos, diríase. La gente está en las sierras y las playas. ¿Ves cómo cerraron las persianas, para empujarte fuera? Y no hay contemplación sin contempladas. Hay que marcharse, Arturo.

En el Norte, con el mar colosal a tu lado, quizá trabajes en los cuentos de los dos hermanos que visitan estrellas. La historia del niño y la araña se vendió muy bien en Navidades, y no es bueno defraudar al pequeño lector ni al editor adulto, que han depositado en ti sus complacencias. Lolita, la gestora editorial para la colección del «Enano Astuto», te ha escrito cartas y dejado recados muy prometedores últimamente. ¿Cómo será Lolita?

Te excitan las chicas que no conoces, aquellas de las que sólo has visto letra y escuchado la voz. El negocio de libros está lleno de chicas, en el departamento publicitario, al cargo de relaciones públicas, en Derechos de Autor. Sueña Arturo a veces con todas las chicas desconocidas de las editoriales —Marta, Pilar, Isabel, Ana, Teresa, Laura, Clara...—, ahora con Lolita, esperando no verla nunca. No ver nunca a ninguna. Vistas, reales, tocadas, pierden mucho.

Se irá a la playa, escribirá una buena sinopsis de

la serie, quizá uno de los cuentos, y llamará a Lolita para enviárselo. Por correo, sin encontrarse nunca, para mantener el fantasma.

Y allí tomará el sol. Y quizá haya hermosas chicas de las que nunca le escribieron, de las que su voz jamás tocó su teléfono. Chicas para contemplar.

¿Pero qué hará entonces con papá?

Edgar Allan Poe se asoma al sepulcro de las moscas cuando Arturo ya no puede verle. Y sin respetar su condición de cadáveres enamorados, sin cuidado por envenenarse con el gas letal que acabó con su pasión, se las come, rechinando los dientes como un tigre que devorase los cuerpos aún calientes de Romeo y Julieta.

Habrá residencias para ancianos, piensa Arturo. Incluso hubo una especial para actores. Y si ésa ya no existe, sobran los establecimientos acostumbrados a recoger viejecitos en fechas estivales.

12

La playa es curva y recuerda una larga grupa. Escupe marañas de algas a la orilla, y de noche es inspeccionada rítmicamente por el ansioso lengüetazo de un faro.

En el Norte las lluvias nunca se van del todo aunque sea verano, y hay mañanas en que la bruma muerde media montaña, roba el paisaje del pequeño puerto que está enfrente, como si descolgara el cuadro del salón, tapa esas islas que uno sueña alcanzar nadando. El viento de algunas veces revuelve la arena, y los coches se bañan de oro fino, pero hay días que el tiempo es bonancible y puede tomarse el sol, pasear por el boscoso camino sobre los acantilados, o sentarse en la terraza del Anxo a beber *condado*, comer buen marisco y contemplar al personal. A Arturo se le ponen cachondas sus tendencias poéticas siempre que pisa esta tierra. Por eso compara locamente la extensión de la playa con la longitud de sus nostalgias, y quisiera acariciar paisajes como quien mete mano a imposibles mujeres.

Si tal ataque de lírica no embota para nada su lujuria, tampoco apaga en absoluto su mala conciencia.

—¿Papá?

—Sí, hijo, sí. ¿Qué tal tiempo hace?

—Aquí, tú ya sabes. Conoces esto. Variable, igual que siempre... ¿Cómo estás, papá?

—Bien, hijo. No te preocupes. Abandonado, pero

bien. Como un cachivache en un trastero. Pero hay otros cachivaches, y nos quitamos el polvo unos a otros para no desesperarnos. Ah, y un calor de mil pares de cojones. Por lo demás, bien.

—¿Aguilar ha ido a verte?

—Sí, sí, claro. Y me ha traído libros. Como ya me había leído todos los Ross MacDonald... Trajo biografías de políticos, enigmas de Rosacruces, escándalos político-financieros, vidas de futbolistas... Pero, bueno, son libros.

—Dile que te compre policíacas. Yo le he dejado dinero. Pero, ¿cómo te encuentras?

—¿De salud? Dentro de que me estoy muriendo, la verdad es que no lo noto demasiado...

—Padre, no digas barbaridades. Lo que pasa es que el médico no creyó conveniente el viaje, pero yo había pensado que viniésemos los dos.

—Quita, hombre. No. Vaya coñazo para ti. Has tenido suerte. A los agonizantes no se les lleva de veraneo.

—Papá... No sé si te he dicho en toda mi vida que te quiero.

—Sí. Cuando eras pequeñito.

—Oye: ¿te acompañará Aguilar al reconocimiento el día quince?

Las conversaciones telefónicas en cabina se cortan frecuentemente. A veces con una cruel sabiduría.

Aguilar era un representante de actores, que lo fue de su padre. Y que estaba en ese mundillo desde toda la vida. Ya debía haberle tocado muchas veces acompañar a sus representados cuando no quedaban contratos ni más estrenos que el definitivo, para hablar de una forma solemne. Desde los viejos tiempos del Instituto Cervantes, aquel aparcamiento para despojos de actores, no pocos Aguilares, y algunos peluqueros, maquilladores, sastras o fieles aficionados al género humano del teatro, había justificado su vida sosteniendo la mano del admirado histrión hasta el mutis fundamental (por hablar otra vez solemnemente).

No son los actores quienes mueren más solos. Casi siempre hay un viejo compañero, un mitómano, un acreedor, un ex amante, un enemigo. Al entierro irán, por lo menos.

Aunque el día estaba nublado, Arturo se fue de cabeza al mar después de la charla, a ver si se le ahogaban los remordimientos.

Por la noche, colocado ya todo en el apartamento, distribuidos los libros y cuadernos, la ropa y las maletas, los lapiceros y el imprescindible cortaúñas; los *kleenex* y las zapatillas, la papelera que le acompañaba a todas partes, la esponja, el peine, la máquina de escribir, el televisor portátil donde se veían los programas como en un catalejo invertido, ordenadísimos todos los pertrechos como si todas las casas pudieran ser su casa, como si todos los viajes fingieran permanencia, como si moverse fuera estarse quieto, efectuado ya el ritual de todos sus desplazamientos, Arturo salió a dar un paseo.

La playa, de noche, parecía en technicolor, como en esas películas que ya casi no se hacen, donde todo es mentira. Pues ahora era verdad, míralo, por lo menos el mar, el cielo y la luna.

Bien nutrido de perfume hollywoodense, repleto de lunar influencia, satisfecho de luces y colores, Arturo probó luego a relacionarse con los seres humanos. Contemplarlos, al menos.

Ya en el patio del Anxo, nécora (hembra, por supuesto) sobre el plato, vino ácido en el vaso, echó su habitual ojeada de hombre invisible, como si él no existiese, como si estuviera observando el bar —el mundo— desde el agujerito por el que Anthony Perkins miraba a las chicas en *Psicosis*. Mirar sin que te miren. Pero sin matarlas.

Las partidas de mus estaban en pleno apogeo, llenando el verano de *suspense* y competición. La hija del dueño había madurado un poco, más fornicable que el año pasado. Algunos hablan del *rallye* que se celebra en las Rías Bajas, otros lamentan una mortandad de pollos que parece una plaga de Egipto; el mecánico dentista que dirige la sucursal bancaria escucha, sorprendido, al caballero del lunar en el brazo, que mantiene drásticas opiniones sobre asuntos morales. El señor que preside la mesa bajo el árbol dice que ha instalado alarmas modernísimas en su chalet; a la dama de melena teñida quisieron raptarle en moto una hija el sábado; varias mujeres solas beben más de la cuenta; la pareja de enfrente organiza una próxima fiesta con mejillones y hermosos peces que acaba de capturar el cónyuge orgulloso. Todas las playas de los alrededores, según puede deducirse con horror de otra conversación, están contaminadas. Este verano ya han ardido tres bosques. A Margot le encantan los pasteles. Don Francisco es bastante estreñido. Apasionante. Y alguien grita, de pronto:

—¡Qué no, Ramón, que ya no hay erotismo!

Arturo se acuerda, entonces, de su padre. Quizá no ha dejado de acordarse. Los remordimientos volvieron a la playa, y él los respiró con el paseo. Es lo malo de arrojar cosas al océano. Devuelve casi todo.

Papá solía quejarse, en los últimos años, cuando ensayaba sus últimos papeles en cualquiera de las últimas obras en las que empleó sus últimos esfuerzos, de lo mismo que aquel señor de ahí:

—No hay pasión ya, no hay vicio. Parecen todos soldados alemanes.

En sus tiempos —decía— proliferaban los enanos, o las putas siamesas, y estaban todos locos por amor, los maricones, los incestuosos, las tortilleras y los empresarios de compañía. En el teatro todos estaban, habían estado, o querían estar liados con todos. Entonces era espléndido dedicarse a ese oficio.

—¿Por qué creéis que me hice yo de esto? Para follar, para que me flagelasen, para ir de cama en cama o de gutapercha en gutapercha por todas las pensiones o todos los trenes que recorría la excelsa pandilla de los cómicos sadomasoquistas, rijosos, pajilleros, homosexuales, puteros y máximos viciosos de la sociedad de entonces... Si no, tendría hoy ese empleo fijo con que soñaba mi madre. Y ahora ya ves, chicos muy aplicados, se toman el teatro como una carrera de Filosofía. Y ya no liga nadie... ¿O es que no ligo yo porque estoy viejo?

Los del bar hablaban de otra cosa, aunque en el fondo hablaban de lo mismo. De si en las oficinas ya no hay ningún escándalo cuando una secretaria se ha puesto minifalda. Que en los retretes de las cafeterías no se hacen agujeros. Ya no encuentran los jefes a las secretarias haciéndose una paja, ni viceversa. Ya en los cines de barrio parece ser que no se mete mano. Ni los maricones.

—Que ya no hay vicio, Ramón, que no, que ahora los tíos y las tías salen en pelotas en las revistas, y los niños pueden verlas en cualquier quiosco. Y en las películas hacen tantas guarradas, que el personal, te lo digo yo, Moncho, ha perdido la afición...

¿Qué sabrán éstos?, se dice a él mismo Arturo. Que le observen a él, que vengan a su casa, que le sigan hasta entrar en sus sueños.

Veamos. Esa moza, por ejemplo, una de las que sirven en el bar, sin ir más lejos. Cejijunta, casi pigmea, con ese culo enorme, la pobre, y esas tetas de monstruo. Un personaje digno de las bohemias pavorosas que añoraba mi padre. ¿No me la tiraría yo ahora, por ejemplo, aquí mismo, en medio de la sociedad veraneante, poniendo todo mi empeño en quedar bien ante estos señores y demostrarles que si el vicio ya no es lo que era, conmigo por lo menos no rezan tales exequias...?

Bueno, tirármela así, en público, quizá no, que a lo peor me coge en mal momento y no hago una buena faena. Pero tumbarla en el suelo... Veamos: separando las mesas, ahí en el centro, para que todos la vean. Y quitarle, por ejemplo, la ropa con los dedos de los pies... aunque eso iba a resultar demasiado exquisito. Quizá mejor hacerlo con los dientes. O quizá mejor no hacerlo. Preferible mirar, siempre preferible, y sin tener que demostrar nada a nadie. Contemplar, por ejemplo, a esa chica, en vez de perder el tiempo e imaginación con la camarera deforme. Esa chica cualquiera, esa chica fugaz, a la que esa noche a lo mejor recordará en la cama, pero a la que habría olvidado por completo muy pronto a no ser que la apuntase.

Sí, a veces Arturo apuntaba a las chicas anónimas en papeles, blocs, servilletas de bar, esquinas de periódico. En ocasiones las bautizaba. Nunca perdía los apuntes. Conservaba sobres, ficheros, carpetas, llenos de chicas con nombres inventados: Marisa, Chiqui, Laura, Penélope, Camino... Pero las que no apuntaba, si no había tenido la precaución de atraparlas, ¿dónde estarían, quiénes eran tantas y tantas contempladas que merecieron una vez, un minuto, su atención y su temblor?

Algunas, en los sueños. Esa noche, Arturo soñó con las ventanas de la casa de enfrente, pero no reconoció a sus ocupantes. Eran rostros y cuerpos familiares, pero anónimos. No se trataba de las habituales. No, quizá eran inquilinas sólo de sus sueños, quizá eran chachas reales pero nunca apuntadas, fantasmas perdidos en su desmemoria, que fueron auténticas pero que ahora sin nombre sonreían, desde la cueva nocturna, empeñadas en un papel protagonista.

Pero si no había casa de enfrente, si no había ventanas. Arturo se despertó un instante en la noche, encendió la luz, y vio la buganvilla en la terraza, ocupando casi todo el cristal. Apagó y otra vez las criadas, flor trepadora convertida en muchacha equilibrista, la pierna fuera, colgada en la ventana, y provocando a Arturo con esas miradas incendiarias que nunca nadie le dirigió en la vida, invitación procaz reservada solamente a los sueños. Quiso ponerle un nombre a la más atractiva, quiso apuntar soñando, apuntar por lo menos despierto a la soñada, rescatar del misterio nocturno a esa mocita con los pezones negros y el hoyito en la entrebarba. Pero se lo impidió un estruendo de clamores y bocinas.

A la mañana siguiente, arrancado brutalmente de la ilusión por los altavoces del *rallye*, pensó Arturo si no sería necesario contratar una asistenta para estas vacaciones.

A la una, más o menos, aturdido entre el barullo general de los veraneantes, bajó Arturo a la playa, con su cestito de mimbre donde guardaba la toalla, el gorro para el sol, la novela de turno, el bronceador, el tabaco, y el material para tomar sus imprescindibles notas de cualquier cosa. Pero Arturo, para qué engañarnos, iba sólo a mirar.

En la cinta casi sin fin del agua, sobresalían cabezas, algunas piernas (sobre todo dos), velas de lejanos balandros y de menos lejanos *wind-surfing*. Arturo busca ubicación; independiente y sin embargo próximo a quien merezca ser contemplada. Sus proyectos de colocación en cafeterías, bibliotecas, terrazas, parques, piscinas, medios públicos de transporte, siempre dependieron de una cercana pero no contigua presencia femenina. Porque había que contemplar, y ello exige una mínima distancia, aunque nunca excesiva. Observar cómodamente sin ser por ello observado en la observación. Solía ser difícil conseguirlo.

En la playa, Arturo recorrió minuciosamente la arena, ojeando.

Tomaba el sol un ciego, dando vueltas alrededor de su toldo familiar, que comprobaba con los dedos para no perder el sitio y el contacto, confirmando su seguridad con la caricia.

Una gorda daba cerveza a su hijo pequeñito. En el puesto de la Cruz Roja extraían punzones de peces agresivos a imprudentes plantas de pies. La niebla iba y venía, tomando posiciones; el sol asomaba con insistencia, desgarrando a la intrusa. Por el borde del agua hacían caminatas los atletas de verano, y recogían cadeluchas hundidas en la arena quienes sabían de su existencia y de su buen sabor.

Enfrente, tapadas sí y no por la bruma, las islas, desde las que serían precisos gemelos, catalejos, telescopios, para bien contemplar. Independiente el observatorio, posición bastante impune, pero demasiado lejana. ¿Quién vería desde allí, por ejemplo, el sudorcillo en los poros del muslo derecho de esta moza garrida a quien Arturo acababa de bautizar Charito?

Charito es curvilínea y de aire popular. El contemplador ya se ha instalado. A su vera, un bebé en carricoche. Ella toma el sol —que ahora ha vencido temporalmente a la niebla— y la transpiración humedece su piel, que Arturo imagina recorrer con la lengua. Pero quizá no le gusta a la imaginación el gusto de la epidermis sudada de Charito, y el contemplador —culo de mal asiento— se traslada en busca de presas mejores.

Marina —es un nombre tan bueno como otro cualquiera— ha dejado la bicicleta contra la muralla que separa la playa del mundo de los coches y las gentes vestidas. Es rubia. Lleva un bañador rojo de una pieza, y sus tetas son casi como las de aquella criada inolvidable que las mostraba a toque de silbato. La hermosa (¿catorce, quince, cuántos, pocos —ay— años excitantísimos?) se tumba boca arriba, cubre con pamela su frente, y el sudor nace en seguida en su barbilla. Arturo está ya tumbadísimo —boca abajo— frente a ella, primero con la mirada en dirección al sexo, que se ve elevado desde allí, y las dos cumbres luego apuntando al cielo. Se masturba como puede, reteniendo el desenlace, y en un momento dado cambia de sitio.

Para justificar el traslado, carraspea, mira el sol al que ahora una nube levemente amordaza, estudia la inclinación del suelo, avanza, retrocede, rodea, y finalmente se coloca en observatorio paralelo a la joven. La erección permanece, hay que disimularla alzando una rodilla, o poniéndose delante libro y toalla. Marina no parece enterarse.

Ahora la contempla desde un ángulo inédito: el lateral del culo, el perfil de los pechos, la lengua de costado, que refresca el calor de los labios vistos en escorzo. Cuesta frenar, sujetarse el abandono, impedir el final.

Más sudoroso que Marina, Arturo prosigue el círculo y va a situarse a unos metros prudentes de la cabeza de ella. Desde allí es quizá el mejor punto de contemplación, por eso Arturo suele dejarlo para lo último. En tal postura decide siempre que llegue ya el dulce morir del orgasmo sin retorno. Visto desde ahí, todo suele arribar a su culmen, y terminar gloriosamente. Se disfrutan las tetas en toda su amplitud, y si te incorporas un rato —sin despegar del todo el carajo del roce imprescindible, sin manos, a puro esfuerzo propio— divisas entre las montañas, allá al fondo, Dios mío, el valle del amor, quizá incluso tan ceñido que su forma o sus rizos son casi transparentes.

Hacerse pajas manualmente nunca le gustó demasiado. Él prefiere tener los dedos libres para aferrar almohadas, para imaginar culos bien sujetos, para rascarse la nariz, para acariciar el aire, para sobar fantasmas, para recorrer las facciones improbables del súcubo, para engarfiarlos ahora en la arena, clavados también los dedos de los pies, todo Arturo tenso, y luego en arco, sueltos los dedos con el centro pegado a la toalla, con el volcán en la tierra, apoyado sólo en tal punto, pero le ven, se nota, cómo no descubrir su éxtasis, cualquier ignorante pensará que le ha dado un ataque epiléptico.

La contemplada observa con horror. Arturo huye, Dios, qué vergüenza, no le pasaba esto desde los catorce años...

Pero el miembro está a punto, reclama el último bocado, asoma casi fuera. Tiene Arturo que tumbarse en seguida, ocultando vergüenzas. Y lo hace en la orilla, sobre la tierra mojada, estorbando el paso de caminantes y bañistas.

Ahí enfrente, en el agua, en línea recta de sus ojos, el onanista descubre un par de recias piernas, asomando de la superficie como si fueran una cabeza. Las dos mejores piernas de todo el mar, las únicas quizá que asoman hacia arriba, tal que su cuerpo dueño estuviera clavado boca abajo.

Y allí se corre Arturo, la dulzura por fin, contemplando los muslos de quien no sabe el rostro, ni la edad, ni... ¿ni siquiera el sexo...? Pero no puede ser un hombre: la textura, el color... ¿no, verdad... no habrás acabado derramándote sobre las cadeluchas enterradas, al borde del Atlántico, por los muslos de un hombre...? Pero no —qué alivio—, da la vuelta el cuerpo y asoma la muchacha, bañador azul, dos piezas, ceñido. Larga melena oscura. Se llamará Cecilia. Está un poco gordita, pero me gusta.

A la orilla —casi al lado de mi eyaculación, que aún oculto con mi cuerpo— un caniche blancuzco recibe alborotado a la muchacha, al nuevo objeto erótico de mi apasionada contemplación. Ésta aún no ha advertido nada. Pero allí, más arriba, junto al muro, una damisela escandalizada puede estar denunciando al sátiro. Arturo estima prudente abandonar el campo. Justo al mismo tiempo que la niebla vence la partida y ocupa absolutamente la playa. Emboscado en la caliginosa sombra, el violador visual decide huir. Y se levanta, sin poder evitar que una gota salte del bañador, como disparada al desperdicio.

En esa isla hay cadáveres de gaviotas. Por supuesto, Arturo, alejado de muchachas contemplables y de testigos de sus procacidades, asocia con sobresalto muertes y soledades, y decide telefonear a su padre. Pero tendrá que esperar a que vuelva la barca que le trajo. Por ahora, imagina que aquí está a salvo de todas las brigadas puritanas que Marina haya podido desencadenar. Y permanece.

Los cadáveres se pudren al aire, con los ojos velados, felices quizá de no tener que luchar por la vida. Papá debe estar cansado, tanto buscar trabajo, tanta nostalgia de cuando esos cansancios... y tanto recuerdo —menos mal— de bolos y *tournées*, de festivales y ferias, de estrenos y de tardes sin público... Tantas veces Tenorios, tantas comedias bobas, tanto verso o tanta basura, tanto camerino al que se le desencaja el lavabo, tanto autocar recorriendo España, tanto ensayo sin cobrarlo, tanta locura, tanta felicidad, tanta vida obsequiada a la gente... ¿Preferirá él ya morirse de una vez? A lo mejor no son felices muertas ni estas plácidas gaviotas, salpicadas de olas. No, papá seguro que no quiere morirse.

Felices son ésos, los que gimen, los que se retuercen, los que se están quemando, los que se enroscan como culebras. Ni en esta isla va a librarse Arturito de lo que le obsesionó desde pequeño: ahí están follando, sí señor, se han venido a follar, mientras tú viniste a ni pensar en ello, mientras tú pretendías escapar de mirar, ellos quizá vinieron para que les contemplases. No hay forma de evitarlo. Míralos, pues, contempla, Arturo, ahí los tienes, tumbados en la roca, deben hacerse daño, aunque no, qué va, están jodiendo, no sienten otra cosa. ¿Y es que hay otra cosa? Ellos se consumen, buena manera de morir, la mejor de vivir. Tú nada, Arturo, tú sólo miras. Y a veces hasta tienes que dejar de mirar porque te miran, o porque —como ahora— regresa tu transporte a llevarte de vuelta.

—¿Papá...? ¿Papá...?

Nadie contesta en la habitación de la Residencia. Intenta volver a hablar con centralita:

—Oiga... Señorita, oígame, por favor...

Golpea las teclas y se corta. En Anxo, repleto de gente a media tarde, insiste:

—Señorita: en la habitación cincuenta y ocho no lo coge nadie. ¿Puede usted buscarle en otro sitio?

Han quedado en llamar ellos cuando le encuentren. Arturo pide un vino. Intenta esconderse de una chica con pantalones negros en la que cree reconocer a la rubia de la playa.

—Para usted. De Madrid.

—Gracias.

—Su padre no está.

—¿A dónde ha ido?

—Su padre se ha fugado.

Esa noche, antes de volverse a casa en pos del padre pródigo, Arturo sueña con fuego, mientras arden los bosques. Es una chimenea en la que hay criaturas. El fuego las cita, las llama, las recorre, las chupa, las abrasa. Ellas primero se resisten, se dejan luego, ceden del todo y caen finalmente, rotas, consumidas, las chachas de enfrente, la hija del tabernero, la camarera enana, las nínfulas de la playa, él, las gaviotas, la pareja de la isla. Su padre.

Si viniese un psiquiatra a lo mejor decía: amar y destruirse, sexo y muerte, ya saben, misma cosa.

Cuando suena el despertador, tempranito para el viaje, todos y todas eran ya pura ceniza, como en Semana Santa.

[illegible] llamas [illegible] en [illegible] a [illegible] muy [illegible] en [illegible] la [illegible] de la [illegible] rubor de la playa.

—P[illegible], Dr. Madrid.

—Gracias.

—¿[illegible] está?

—[illegible].

—[illegible] de hígado.

Esa noche, antes de volverme a casa, en [illegible] del [illegible] [illegible] [illegible] [illegible] [illegible] [illegible] las [illegible] de la [illegible] [illegible] la parte de la isla [illegible].

Y [illegible] psiquiatría [illegible] [illegible] [illegible] [illegible] [illegible].

[illegible] [illegible] [illegible] [illegible] [illegible] [illegible] [illegible] [illegible] [illegible].

13

Papá estaba en la sala, doblado sobre el sillón, con las persianas echadas, sonriendo. Había revuelto todos los estantes, buscando —supongo— una novela policíaca nueva, y en el suelo yacían, escoltando su muerte, Sherlock Holmes y Archer, Smiley, Nero Wolfe, Hildegarde Whiters, Pepe Carvalho, o los culpables, falsos culpables y supuestos falsos culpables que en el fondo eran culpables o deseaban fervientemente serlo, de Patricia Highsmith. Seguramente murió sin decidirse, o sin haber encontrado la novela ideal. Ya que el cáncer estaba avanzadísimo y se había fumado las últimas sesiones médicas, se decidió dejar las cosas como estaban. Pero papá se mató, seguro. No quiso hacerlo en el trastero. Y se vino aquí, cerrándose con llave y con pestillo. Abrazado a sus almohadones.

Debió echarlos de menos en la residencia. ¿Cuánto aguantó allí? Ni una semana. Papá no estaba hecho para eso. Si había que sentarse a morir, mejor en casa, sin testigos. Para esa función no se vendían entradas. Público iba a tener luego, inevitablemente. Papá debía saber que él no iba a dejarle muerto en la casa cerrada, perdido en el verano, olvidado mientras Arturo consumía ansioso la playa del Norte. ¿O no estaba seguro? Siempre había noticias en los periódicos de viejos sin despertar desde hace meses y la gente se enteraba al volver de vacaciones. ¿Creyó papá que yo no iba a llamarle otra vez? ¿Que hubiera agotado mi veraneo sin seguirle la pista? ¿Que el contubernio con el Atlántico me iba hacer pasar de él, desentenderme hasta la vuelta...? Quizá lo pensó, lo creyó, y obró en consecuencia.

El pobre Aguilar estaba desolado. Verle muerto ahí, entre tantas novelas policíacas, le hizo pensar que pudo tener él la culpa prestándole otros libros que no le habían gustado.

Los de la residencia no se hacen responsables. Se descolgó por la ventana, no le llamamos por teléfono porque usted se adelantó en seguida... Los viejos son como niños, pero no se les puede tener atados.

Papá no era un viejo. Aunque los de la residencia no lo sabían. Y excedía de sus deberes perseguir a los fugitivos por la ciudad, como si aquello fuese una cárcel. ¿Se escapaban muchos? ¿Se morían todos los que se escapaban? ¿El mínimo retraso en avisar a la familia era acaso el tiempo justo que les daban para que pudiesen hacer su santa voluntad? Morirse o matarse. ¿Facilitaban la huida a los residentes para que se liberasen del calor, de los años, del cáncer, de los hijos, de la soledad y del menú de la residencia?

Papá no era un viejo. Papá no soportó compartir su vejez con otros viejos, como si lo fuera. Papá, supongo, no soportó morirse. Y se mató en la sala. Ya se ocuparía Arturo de limpiar.

Enfrente, a mitad de verano, una criada nueva duerme desnuda. Papá no. A él le hemos puesto su mejor traje. ¿Qué iba a opinar, de lo contrario, *la profesión*?, dijo Aguilar.

Y *la profesión* desfiló por mi casa, representada por algunas viejitas que a lo mejor fueron sus amantes, por algún senecto caballerete que posiblemente fue su rival, algunos grises individuos, que debieron compartir trenes y coliseos. Y los jóvenes. Esto estuvo muy bien: actrices, actores que empezaban, incluso algunos que ya eran célebres sin dejar de ser jóvenes. Y que le apreciaban, que no le habían olvidado. Que quizá le admiraban. O que tenían la tétrica lucidez de imaginar que aquello pudiera ser un espejo del futuro.

—Parece que sonríe.

—Se reirá de todo esto. Es como una noche de estreno.

—Pero a favor. En los velatorios, nadie habla mal del protagonista.

—Se calla lo malo. También en los estrenos.

—Pero allí se nota.

—Y aquí no se aplaude.

—No sé por qué. A él le gustaría.

—¿Te acuerdas cuando hicimos juntos aquella *tournée* por el Norte?

—A él le hubiera encantado trabajar con Margarita Xirgu.

—¿Cómo está Santiago...? Me han dicho que tiene lo mismo...

—De próstata. Lo de Santiago es de próstata... Ya estaba fatal cuando estrenó en Barcelona.

—Me he contratado con el Centro Dramático, ¿sabes? Todo el año.

—Era un actor de los de antes. De los que hablaban por derecho.

—¿Tú sabes si ya está al cobro lo de Televisión de una puñetera vez?

—¿Aquí nadie hace café?

—Mejor una copa...

—Te acompaño de verdad en el sentimiento, Arturo... ¿Cuándo es el entierro?

El entierro sería si finalmente encontraba los papeles... Papá tenía cajas, carpetas, cuadernos, bolsas, documentos metidos en libros... Arturo se pasó toda la noche revolviendo los restos del naufragio.

Y en la exploración vio fotos, vio cartas, vio recibos, recuerdos —un alfiler de corbata, la factura antiquísima de un restaurante... un abanico... un retrato de mujer... recortes de periódico—. El explorador se empapó de ternura y de angustia. Todo aquello era la vida. Era también la muerte: el lápiz mordido, la suscripción a una revista, las postales de Lisboa, el paquete de programas teatrales, el bloc de notas, los resguardos de la tintorería. Y el último recibo pagado de «La Parca, S. A.», vaya nombrecito...

Bueno, ahora pueden enterrarte, padre, estás al corriente de pago. Te han guardado un hoyo. ¿Y yo qué hago con todos estos cachivaches? Preguntaré a esa Parca si pueden ir contigo.

Después del entierro, Arturo volvió a casa solo, y se preparó un «mojito» —ron, limón, soda, marrasquino, y una rama de hierbabuena—. En la terraza, con la copa en la mano, miró el níspero que plantó su padre. El árbol vivía, estaba mejor que en otoño pasado —papá quizá también estaba mejor que en otoño pasado—. Pero Arturo había pensado —sentido— que ese árbol, fijaos qué tontería, era la vida de su padre. ¿Qué coño hacía ahí, entonces, ahora que el otro ya no echaba más hojas? Fue a la maceta, tiró del tronco...

—Lo siento, chico. El hueso lo enterró papá. Y yo no tengo hijos a quien trasladar la herencia. Ni esto es la casa solariega, ni me apetece que le sobrevivas un día más.

Tuvo que romper la maceta, arrancar las raíces, quemar luego el arbusto. Armó la de Dios en la terraza. Menos mal que en verano casi no hay vecinos. Ni en casa ni enfrente.

Enfrente está la chacha nueva. Es fea, pero se acuesta en pelotas. No corresponde a sus ventanas preferidas. Un piso más abajo. Qué calor.

¿Dónde está el gato? Edgar Allan Poe ha debido huir de la muerte. Andará por los tejados, estuprando hembras de la noche. ¿No vas a volver más? Ahora sí que estoy solo, gato negro. Debieras tener compasión. Ni una chacha decente que llevarme a la vista. Y esta mala conciencia, y este dolor de alma, y toda esta memoria que se me agolpa. Como un álbum de fotos. Papá y yo, papá y mamá, los tres, él solo, solos otra vez los dos. Tanto papá, que por fin ya se ha muerto, tanto papá ya... siempre en el recuerdo, tanto padre al que no habrá que cuidar. Dios, qué alivio no volver a la clínica. Y nunca más tendré remordimientos por dejarle solo. Ahora son ya para toda la vida. Remordimiento eterno porque yo sigo vivo. Bebe, Arturito, no disparates, bebe, no pienses más. Sin padre, sin níspero, sin gato. ¿Qué puedes hacer? Bebe. Si le viera José Luis.

También puede hacer otra cosa. La cosa que más ha hecho toda su vida en los momentos duros. Aquella vez, ¿te acuerdas?, en que te dolía tantísimo una muela. Y cuando te suspendieron las matemáticas de quinto. Y cuando mamá se largó, y cuando las interminables jornadas en cama con fiebres tifoideas. Venga, chico, una paja. Es el mejor analgésico.

La fea de enfrente debe pensar lo mismo. ¿Qué otra cosa puede estar haciendo con ese meneo y esa observación minuciosa de sus interiores? Se llama Micaela, por ejemplo. Larguirucha, con ese corte de pelo que en nuestra juventud llamaban «a lo garçon». Sobre la cama húmeda del verano, retorciéndose está, ajena al contemplador huérfano.

¿Alguno de ustedes se ha masturbado a la vista de alguien que no le gusta nada?

Arturo lo hace ahora. La frenética exploración de Micaela le ayuda a copiar ritmo. Dale, dale, venga, así... Una, dos, una, dos, unadosunados... Chica, no cambies de música, que me cortas.

La chacha fea se ha sentado en la cama. Intuye, ¿sabe?, que la están mirando, y echa la persiana. Te vas a ahogar, muchacha, con el calor que hace. Allá tú. Pero, claro, el brasero lo lleva ella dentro, qué le importa mientras la tensión continúa. No va a echar de menos una ventilación tan mínima en su actual estado.

¿Y qué le importa a Arturo? Habiendo luz eléctrica, por la rendijas se ve sin conocerla, y ya no es Micaela, ya es cualquiera, ya es todas, ya es hermosa, si él quiere, la desnuda que ha vuelto a retomar el frenesí. Guiñando los ojos, desaparecen las líneas obstructoras y hay imagen completa... Además, ni falta me hace ya —a este punto llegado— más que la ventana. Ventana que erotiza. Importa poco a veces quién hay dentro. Ventana, Dios, ventana, ventanita, qué bien. Dale, toma, vamos, ya... El esperma se vierte, quizá en la copa. Y él brinda —a Micaela, no, a la ventana, a otras que estuvieron, que estarán otro día, que quizá ya no vuelvan, al hecho de mirar— y se bebe el mojito teñido de semilla. De semilla de vida. ¿O no? Hay una canción que dice que de una paja nace un muerto.

Al día siguiente, el Doctor Jekyll ha olvidado sus guarradas de anoche, de las que sólo queda una copa en la pila que no quiso fregar. Que friegue Míster Hyde.

¿Llamar a Mariví? Le dijo, cree, que no iba a salir este verano. José Luis y Belén se han ido a Grecia. Y él no hubiera querido, aunque estuvieran, confesarles que se emborrachó.

Los periódicos deben estar llegando diariamente a la casa de la playa. Arturo se viste y sale al quiosco más próximo.

En la escalera hay una asistenta. Los porteros deben estar de vacaciones, y han contratado a una chica para que limpie el edificio. Está arrodillada, en esa postura servil y tan erótica de la más vieja sumisión aparente. Pero Arturo quisiera ver su cara. Del rostro dependen tantas cosas. No importan muchas veces tetas ni años ni muslos torneados si el rostro no funciona. Y si funciona el rostro, lo demás en gran medida se da o se pone por añadidura, por imaginación o por buena voluntad.

No es mal rostro. Pero llega el ascensor, Arturo lo toma, y el encuentro se acaba. La memoria archivará ojos, labios, nariz, frente, cabello. No volvió a encontrársela al regreso.

En las ventanas donde Carmen y Toñi excitaron los días del pasado no hay señales de vida. Arturo, sentado ante su máquina, contempla sin objeto. Sin otro objeto, al menos, que las propias ventanas. En el interior de una, el espejo dobla y devuelve el vacío. Arturo busca en la guía telefónica, encuentra varios números de la casa deshabitada. Llama. Riiing, ring, riiing. Nada. Nadie. Ni siquiera sabe si son de esas ventanas. La ausencia no responde. Alguien descuelga otro teléfono:

—Diga.

La voz es de la fea. Seguro. Mira por la ventana. En el piso de abajo, la probable Micaela, repite:

—Diga.

—Ayer te masturbabas.

—¿Qué...? ¿Quién es?

—Ayer te divertías tú sola. ¿No es cierto?

—Pero... ¿Quién habla?

—Todos estamos solos, no te avergüences. Todos nos masturbamos.

Todos no. Ahora él y ella joden como locos mientras el teléfono descolgado no cesa de gritar.

Arturo da por el culo a Micaela, pero hay más gente. Mira debajo: es un tercero, que palpa las tetas largas y colgantes de la criada fea. Arturo tiene dificultades en penetrarla. No trajo mantequilla, como a un cinéfilo de pro hubiese correspondido. Al de abajo, sin embargo, no parece irle mal. ¿Es conocido?

La chica sí. La que está sentada en la silla, metiéndose los dedos por la braga. Vaya, uno —una— que se masturba. Y no porque esté sola. La llaman los demás, pero la chica de la silla desprecia la invitación. Ella a lo suyo. Y a mirar mientras tanto. Contemplando.

Grita la chacha a cuatro patas. Arturo quizá la ha desgarrado. O el otro ha mordido muy fuerte.

La chica de la silla tiene caras distintas según va la faena. Ahora, por ejemplo, descubrimos que quizá es el rostro archivado de aquella eventual fregona de escaleras. Luego Arturo comprobará que se trata de Mariví, compañera de clase, que Arturo guardaba en el armario, pero no puede ser, él la quemó en la pila definitivamente. ¿O será Cuca, la criada que más amó en su infancia?

—Vamos, tú, no te pares. Sigue dando, que si no yo me aburro.

Lo dice el que está abajo.

Arturo piensa entonces que él no está en esta vida para divertir a nadie, y menos a un desconocido. La polla se le arruga, sale de Micaela —con lo tantísimo que le costaba entrar— y se despierta, llorando, en su despacho.

No investigaremos los motivos de su llanto. El caso es que consiguió sobreponerse, y como estaba de bruces sobre la máquina de escribir, hizo un esfuerzo heroico y escribió:

> «Los dos hermanos sabían que era posible visitar las estrellas. No en cohetes, no en naves espaciales, sino quedándose despiertos toda una noche junto a las plantas que crecen, al lado de los insectos que trajinan, entre dos árboles viejos, exactamente debajo de la mismísima estrella que deseaban visitar...»

Pero no pudo subir hasta ninguna estrella. Todo el material de trabajo estaba en la casa de la playa. Y si papá se había marchado para siempre, y si no estaba seguro de recordar el rostro de la asistenta, y si Micaela era tan fea, y si tenía pagado todo el mes, no había razones para no consumir el veraneo previsto.

14

> «... se terminó la noche, y en el mismísimo borde del amanecer, los hermanos sintieron que el planeta tiraba de ellos hacia arriba. Aquel mundo flotando en el cielo era su casa. Y así volvieron los dos a la Tierra, chupados, como habían subido el otro día a la estrella.»

Ya estaba el cuento. Arturo había cumplido el programa. No hay nada más que hacer. Regreso inevitable.

El veraneo de todos los demás también se está acabando. Es fuertemente melancólico contemplar la fuga de turistas, los coches que madrugan cargados de equipaje, toldos, toallas, epidermis. La reconquista de la playa por pájaros de largo pico que acordonan la orilla, tomando posiciones hasta la próxima invasión humana. Recuerdos de películas que contaban esta melancolía casi mejor que la realidad dispensan a Arturo de entristecerse por ello. De entristecerse, al menos, únicamente por ello.

Lo más triste es volver. Sobre todo para él, que a la pena del regreso unía el miedo. Miedo a lo que se encontrará volviendo. A lo que no va a encontrar cuando vuelva. Sobrarán las novelas policíacas en su ya excesiva biblioteca.

Irse cada vez de cada sitio, de cualquier sitio

cualquiera de las veces, exige de Arturo un ritual de despedida: minutos de miradas con enfoque de adiós, paseos en prólogo de ausencia. Y eso sí, lamentando siempre no volver nunca más, pero sabiendo que si regresas la nostalgia será más fuerte aún que cualquier alegría. Y eso, al menos, casi es un aliciente.

Subiendo por el monte, a cada lado mansiones suntuosas que habían instalado sistemas de alarma sofisticada bajo el ramaje de las hiedras, los rosales y las buganvillas. Y abajo, el mar, calas, rocas, despeñaderos, lugares salvajes y refugios de paz, sitios magníficos para muerte o amor.

Marina baja en bicicleta. Marina es la tetuda adolescente de cuyo asombro escandalizado huyó Arturo cuando su padre aún no le había jorobado las vacaciones. Marina ya le ha visto. ¿Le atropellará? Por lo pronto suelta el manillar y se cubre la exuberancia con las manos hasta que no tiene más remedio que enderezar el rumbo, a fin de no ser ella —tan joven— quien tenga la oportunidad de morir en los espléndidos acantilados.

Arturo se ha quedado aún más triste. Ya no le apetece despedirse del monte.

La playa, por la tarde, huele ya casi a invierno. En Galicia es muy fácil confundir las estaciones del año. Dependen, sobre todo, del estado de ánimo. Y no sólo del tuyo. La tierra tiene humores, el aire se cabrea, el mar ya no digamos, al paisaje puede darle la gana de parecer invierno en pleno mes de agosto. Menudo es el paisaje.

Desde el andén se domina la playa. Lo que hoy domina Arturo es una larga extensión de abandono. Ayer cerraron el quiosco de helados. Ya no venden cervezas junto al depósito de tumbonas, que ahora, más depositadas que nunca, parece que hibernaran en agobiante promiscuidad inmóvil.

Ahí, en el centro, sentada en el farol con escalones, está Cecilia, la chica que se bañaba con las piernas en alto. Junto a ella, tres, cuatro, siete, ¿ocho? criaturas de su edad. En tiempos de otro Arturo se llamaban «pandilla». Él desconoce si los nuevos argots conservan la palabra. Arturo, al pensarla, evoca muchas cosas en las que él ya no encaja. La chica —Cecilia por nombre imaginado— no precisará negarle sus muslos, cubriéndolos al verle, pues lleva falda larga, pero seguro que, de tener pandilla, no le admitiría en ella. Y Arturo se pone todavía otra vez un poquito más triste. Ya no le apetece contemplar la playa. Prefiere irse en seguida, antes de que Cecilia le reconozca y haga cualquier gesto que evidencie un grosero rechazo.

Yo no sé, piensa Arturo, si seguirán muriéndose a destajo los pollos después de este verano. Pero si yo fuera ellos y tuviese que quedarme, me suicidaría. ¿Quién sabe si los pollos también se suicidaron?

Ay, Señor, los otoños. Siempre igual los otoños. El otoño es el tiempo de terminar los libros que se escriben, de romper con las novias si se tienen, de querer escaparse y no saber a dónde, de gripes, lipotimias y asesinatos sin motivo aparente. Nosotros, un servidor y Arturo, echamos la culpa de casi todo al otoño. ¿No ha hecho usted nunca recuento de su vida en otoño? El otoño es fatal.

Y el contemplador empaquetó sus cosas para ver si en su casa la vida le ofrecía otras compensaciones, a pesar de que estaba informado de que en Madrid también había otoño. El erotismo, Arturo. En Madrid, la terraza, las ventanas, y contemplar verdaderamente impune.

Ni el gato. Esto te pasa, Arturo, por no tener la menor relación con algún vecino. Claro, cuando vas a coger el ascensor, si oyes pasos, entras corre que te corre, das al botón, no quieres compartir ni siquiera tres pisos. Si fueras más sociable, querido, algún vecino te habría cuidado a Edgar Allan Poe. Al menos le hubiese dado de comer, y el gato estaría aquí a tu vuelta. Pero ya lo ves, tu egoísmo insistente hizo escapar al único compañero que quedaba en tu vida. Dios sabe por dónde andará, en qué hogar, tejado o alcantarilla habrá encontrado el amor y la pitanza que le faltaron mientras tú, ególatra narciso insolidario, lo pasabas en grande por los mares del Norte, entre hermosas turistas, manjares exquisitos y paisajes de ensueño. ¿Tendrá un celo desbocado este gato fugaz? Está o no está, nunca se sabe. Él no sólo contempla. Busca novias por el mundo. Eso es vivir.

Aquí, ya ves, lo de siempre, sin gato y sin padre para más desamparo.

Pero queda mirar.

En la terraza. El otoño aún no es frío. Hay limones, ron, marrasquino. Pero no hay hierbabuena. El rito puede cumplirse a medias. Es posible un poco de conjuro. Todavía queda la liturgia, aunque sea incompleta.

Sin embargo existen veces —reconozcámoslo— que un catarro fuerte, un estado depresivo, la astenia o el estrés consiguen no empinársela ni al más experto contemplador. ¿O será por la carencia de hierbabuena? A Arturo no le constan sus méritos afrodisíacos. Será por todo lo demás. El caso es que no surge. No progresa el ariete. Y hay nuevas inquilinas en la casa de enfrente. Sin contar a la fea. Hay chicas en el piso sagrado. Viven dos en la ventana mágica. Ni fuerzas tiene hoy para bautizarlas. Mañana será otro día. A lo mejor hasta regresa el gato. Esperemos, si hay suerte, el anochecer próximo. Entonces es la cita.

Los regresos conllevan desenredar gestiones, cumplir encargos, pagar facturas, recoger chaquetas de la tintorería, reparar un reloj, comprar pasta de dientes, sustituir provisiones caducadas, liquidar recibos, cambiar las sábanas, reponer la bombona. ¿Comprar flores? No se le había ocurrido, pero la vendedora tiene unas tetas francamente soberbias. Hace buena mañana, pasear por el barrio vivifica. Este sol otoñal, todo el tiempo y la soledad por delante, y esas tetas... A lo mejor la astenia, el estrés, la depresión, han cedido a un buen sueño y a las primeras dosis del complejo vitamínico ingerido. Si no, las tetas de la florista hubiesen producido menos calor, pasión, locura, al viandante que no había programado tal estremecimiento.

—¿Begonias tiene?

No es el tiempo, supongo, pero si no begonias otras cosas sí tiene. Y cómo las tiene, bendito sea Dios...

Los madrugadores ya han llenado la calle. El chatarrero desvela a los que aún duermen con su cantinela desafinada, pisoteando el barrio desde su carricoche. Las gentes sin tiempo, obsesivas, ceñudas, arrancan desasosegadamente los coches rumbo a sus indeseados trabajos. El carbonero hace guardia en la puerta de su comercio quizá obsoleto, pero lleno de dignidad y misterio. Habrá que asomarse dentro un día. El carbón, qué antigua maravilla.

Yo tengo que ver de cerca las tetas de la florista. Y me asomo, al escote, a la medallita que baila y roza, a los tirantes blancos del feliz sujetador. ¿Cómo no me había fijado antes en este glorioso ejemplar de mi propio barrio? Quizá hoy estrena el escote. Sin enseñar las tetas me ha pasado desapercibida quién sabe cuántos años.

—Tenemos dalias, crisantemos. A mí me gustan, aunque dice que son flores de muerto...

La referencia, la relación, la utilidad del ramo justifican la visita rijosa, aunque debilitan el empuje inicial. Arturo compra flores de muerto y las lleva al cementerio. No va a esperar a noviembre, además ese día está aquello tan lleno que resulta imposible. Gracias a la florista, su lujuria ha crecido, y cuando caiga la noche va a estar bien preparado.

Papá siempre quiso que le incinerasen. Pero había que conservar el cuerpo esperando turno y permiso, había que mantener la muerte, había que alargar la capilla, hacer cotidiano el funeral, perpetuar las exequias... Y así hasta que las leyes, los burócratas, el fuego, pudieran encargarse de la momia. Un verdadero horror.

Si el paciente se muere en hospital es todo más sencillo —se supone que ahora nadie se muere en casa—, pero papá no pensó que el hogar no era buen sitio para hacer la cola del crematorio.

Por eso estaba en su tumba, como casi todo el mundo, a lo tradicional.

Una señora se ha adelantado llevándole unas flores. Arturo la ve de espaldas, y nota que se mueve sin moverse, con ese temblor del cuerpo que produce la conversación. ¿Está hablando con él? Arturo espera, respetuoso.

De espaldas no se sabe. ¿Es joven, es hermosa? Lleva un poncho que disimula el cuerpo, y un pañuelo que oculta la cabeza. Ay, quiero saber quién es. Saber cómo es. Si es guapa, si está buena. Así sólo se trata de un noble bulto humano que habla muy quedamente con mi muerto.

Cuando la conversación finaliza, ella se da la vuelta, y Arturo la contempla. Es una actriz famosa, muy famosa. Ahora el hijo recuerda. Ella proporcionó la medicina rusa, pero no estuvo en el velatorio, no la vieron en el entierro.

—¿Eres su hijo?

Arturo, bien asido a sus flores, afirma, silencioso. ¿Cuántos años tendrá Electra, Gigi, Margarita Gautier, Hedda Gabler, Anna Christie, Medea, Doña Rosita, la gata sobre el tejado de zinc caliente, Lady Macbeth...? ¿Cuántos si ha tenido todos y en todos era joven y misteriosa como ahora?

—El día del entierro me perdí. Es muy grande este sitio.

Y abarca con sus manos el aire del campo de los muertos.

—Muchos otros entierros, supongo...

—Muchos. Pero yo sólo quería encontrar el de tu padre.

Sonríe.

—Ya ves... No sirvió de nada la medicina rusa.

—Sí, claro que sirvió. Durante algunos meses, eso significaba que usted había pensado en él.

—¿Supo cuándo se moría?

—Yo no estaba.

—Él me dijo que lo iba a saber.

—Pero hace mucho que no se veían... Él tenía viejas fotos suyas. Decía...

—Lo que dijo fue entonces, hace mucho tiempo... Y sonrió.

—... en la cama.

—¿Hablaba de morirse en esas ocasiones?

—Hablábamos de todo.

—¿Y qué es lo que le dijo?

—Estábamos en un pueblo valenciano, montañoso,

alegre, un pueblo en fiestas. No sé qué función estábamos haciendo... Por la ventana de la habitación, en el hotel, se veía un cuadro de cerámica. En casi todas las calles había cuadros con santos.

Ah, la función, sí. Era, seguro, *Un tranvía llamado Deseo*. ¿La conoces? Sí, claro. ¿Sabes qué santo se veía desde el dormitorio del hotel?

—¿San Vicente Ferrer?

—San Pascual Bailón. No tienes ni idea de cosas de ese santo, ¿verdad?

—Ni idea.

—Tu padre, sí. Me dijo que si le rezas de noche, en la cama, él te avisará de cuándo te vas a morir.

—Qué horror.

—Esa noche, le rezamos los dos. Cada uno dimos dos golpecitos en la pared, invocando a San Pascual Bailón.

—¿Y eso?

—Eso quiere decir que el Santo se compromete a dar la señal dos días antes del momento definitivo.

—¿Y cómo se puede asegurar que sean dos días, y no dos meses, o dos años... o dos horas?

Blanche Dubois no lo sabía. Pero mi padre sí debió de saberlo porque se fue corriendo a casa, con el tiempo preciso, en el momento justo.

Me despedí de Mariana Pineda después de colocar los crisantemos, y decirle hola y adiós a mi padre. A ella, me confesó al final, todavía no la habían avisado de su muerte.

En la terraza anochecía cuando dispuse la ceremonia, en paz ya mi obligación social con los fantasmas, y preparado yo para el encuentro.

Éstas no sé cómo se llaman. Éstas no quiero saberlo. De terraza a ventana, intangible yo, intangibles ellas. Qué digo, ¡inexistentes! ¿Saben quién soy? ¿Saben lo que quiero, lo que acostumbro a hacerles? No somos, no estamos, no sabemos ni existimos entre nosotros. Me alegro de la ausencia de las ya familiares. Aquéllas son como antiguas amantes. Lo bueno es esto: impunidad total, sorpresa, desconocimiento. Ahora, por ejemplo, en sombras, ¿quién, cuál es cada una, figuras sin rostro en ese cuarto de la quinta ventana junto a la farola, mi ventana predilecta de siempre, pero con habitantes perfectamente nuevas? Qué excitante. Algo así le hacía falta a Arturo para refrescar su libido, tan decaída por otoño y por muerte. Y toda la casa sin testigos para hacer sus guarradas con libertad.

Tienen todavía la luz apagada, y a este anochecer que ya no es luz, pero que todavía no es tiniebla, sólo se ven intuiciones de chicas. Podría Arturo usar los gemelos, pero prefiere así, retarda el conocimiento, se erotiza con formas inconcretas.

Antes de instalarse en su silla, se ha duchado, se ha lavado los dientes, recortado las uñas, como para una cita. Junto al asiento ha puesto en la terraza un taburete con tabaco, una copa y un libro. El libro es importante. Mucho. Sí, porque a veces, retrasando el orgasmo, poniendo inconvenientes al momento sublime, o disimulando por elemental pudor, hacer que se lee siempre viene muy bien. La luz de la terraza es débil —tampoco conviene iluminarse en la noche como en un escenario— pero realmente no mira las páginas, sólo baja los ojos. Qué veraneo ni ocho cuartos. Éste es tu sitio, Arturo, tu lugar de goce, tu anfiteatro. Había que volver.

Un avión exhibe allá en lo alto colores intermitentes. La noche está al caer. Todo se tensa para... Ahí, ahí, Señor, ya he visto un rostro al fuego de un pitillo. Un rostro hermoso, o un rostro que me parece hermoso. Basta. Su dueña ha desaparecido tras una puerta que supongo el retrete. La otra baja el mueble-cama. Qué pronto se retiran. ¿O lo harán en mi honor? Calma, calma, chiquillo. No te precipites. Conténgase el alfanje, no se ponga tan derecho, mantenga su árabe curvatura, todavía no pugne por salir. La que bajó la cama, chupa, descarada, el cigarro. Los insectos nocturnos rodean la luz de Arturo, la luz del farol, la minúscula luz rojiza de la chica sin nombre.

Se abre la puerta, y en el marco iluminado aparece la otra, con albornoz y una toalla en la cabeza, al estilo turbante. Arturo baja la cremallera. Es de suponer que le cubren las macetas colgadas de la baranda.

¿Se quita el albornoz? Sí, se lo quita, claro. Y va hasta el borde de la ventana, recortada en la noche, dibujo sobre la luz del fondo, aún el retrete abierto. Se quita el albornoz y está desnuda. Dios mío, esto es más de lo nunca ocurrido, esto es casi el sueño dorado del contemplador. Pero, zas, la otra —púdica por su compañera— ha echado la persiana. El carajo de Arturo da bandazos.

Por rendijas se adivinan los cuerpos. Parece que la pudorosa lo es también de sí misma, y ahora se vislumbra su cambio de atavío sin que pueda saberse si eso es pierna o es ropa, si eso es coño o cabeza, si es cama o carne, pero es ella, es bastante. Y Arturo decide, emocionado hacer dos cosas:

Puede hoy organizarlo todo como le dé la gana. Ni el gato ni su padre le observan. Va con la polla fuera, brava y potente, a tomar primero una cucharada de polen, que dicen que es muy bueno. Pero desde que no lo usa, en el frasco hay bichitos. Vida roja entre los granos dorados. Lo tira a la basura. Aún le queda la música. La otra decisión es poner el *Réquiem* de Mozart. El cipote todavía está en buena forma.

Suena el disco a toda leche. ¿Los vecinos? Qué importa... Hoy es sesión de gala.

Cuando vuelve, la persiana está abierta. La honesta se ha cubierto hasta el cuello. La desvergonzada, con un camisón que no tapa los hombros, abraza la almohada y ejecuta contorsiones mayúsculas.

Arturo no se sienta. Va hasta el borde, rozando casi con el glande las púas de los cactus. Sacude como loco. Ella pasa una pierna encima de la almohada, la tiene entre los muslos. Señor, dale, toma, aunque se rompa. ¿Le estará viendo alguien? Ella sí, pues la otra, horrorizada —en apariencia al menos— se tapa con la sábana. El contacto está hecho. ¿Se romperá el hechizo? Basta, basta, Señor, es demasiado...

La moza provocona acaricia la almohada con la cara, la aprieta entre las ingles, mueve el culo al compás, besa una esquina, arremete y casi baila, se estira, se encoge, qué inmodestia... Ay...

Arturo se la está desollando. Ha encontrado un cojín y lo aprieta según ella la almohada. Pero el cojín es áspero, tiene flecos, y duele. No importa, es el amor. Ya se curará luego, conoce esa experiencia.

... Suspiran cada uno desde sus casas... jadean ferozmente.

Un murciélago retumba en el farol. Arturo no puede contenerse, y la lluvia pringa el cojín y salpica los cactus. ¿Ha dado un grito? Peeping Tom seguro que chilló de placer. No va a ser menos él. Grita, sí, que le oigan. Mozart sigue, sublime.

Se encienden las terrazas, varias voces comentan en el aire. Abajo vive un joven matrimonio, al otro lado familia numerosa; en el sexto una vieja, y menos mal que la residencia de enfrente es de ciegos. Los patronos de las sucesivas contempladas, cualquiera sabe si le tienen fichado. Le entra el pavor entonces.

A un funcionario público le pillaron en parecido trance, y salió en el periódico. Guarda todo en su caja, echa la cremallera. Correrán la persiana. ¿Antes ni un gesto, ni una señal de adiós...? Aunque mejor es nada. Jamás le respondieron, a no ser con desprecio, con rechazo, o escándalo, con altiva censura. Él no está acostumbrado a que acepten sus pajas, a que valoren positivamente sus contemplaciones. Apaga y vámonos. Ellas también han de matar sus luces. Los vecinos se calman. Fue una sesión gloriosa. Y papá no te ha visto (¿o sí...?). Mejor dejarlo ya. Todo bien, por los pelos. Sin graves consecuencias.

La moza le hace señas. Ha quitado la luz pero le llama. En silencio, con mimos, para que no se enteren los jefes, para que no la expulsen por puta, para no comprometerse demasiado. Su compañera debe estar francamente abochornada. Sí, es a él; le señala la calle, en donde el farol hace un círculo blanco, junto a la parada del autobús, ahí, venga, baja.

¿Yo?

Arturo ya ha bajado. Con el corazón entre los dientes, oculto el cuerpo entre las sombras, convaleciente el pito. Y mira entonces hacia su propia casa. Aquella terraza es la suya. Desde donde podría él mismo contemplarse. Aquí, en la calle, no se advierten los charcos de semen ni la sangre que ahora sujeta un algodón bajo el slip. ¿Qué quiere esta chacha tan fresca, esta contemplada que ha osado responder, esta loca transgresora de su intimidad...? ¿A qué viene esto, si ya soy muy mayor, y estoy habituado a hacerlo todo solo?

La moza asoma cabecita, las tetas quedan dentro. Él no distingue el rostro. ¿Te das cuenta, mirón, que ni su cara sabes? Podría ser cualquier otra que va a tomarte el pelo, podría querer denunciarte... pero no, ya ves, ha echado un papelito. ¿No es romántico, Arturo? Un billete amoroso en respuesta a una paja feroz y exhibicionista.

Dentro de la carta, un caramelo. Arturo la lee a la luz del farol, como en las películas de intriga:

> «Mañana a las 10 de la mañana vajas que vajo yo a por el pan y me esperas de tras.
>
> Mari.»

El *Réquiem* se termina. Lo ha oído desde abajo. Se murió la noche más gloriosa de su vida. Sube corriendo a casa, y cuidado con dejar todo así. Estas cosas no deben estropearse. Se traga el caramelo. Quizá debió guardarlo de recuerdo.

Arturo se arroja sobre la cama, apaga todas las luces, se restriega en la colcha. Piensa en la de enfrente con turbante, y le coloca el rostro de María Montez que llenó de lujuria sus primerísimos erotismos soñados. Al segundo empujón, tropieza con los pies un obstáculo: Edgar Allan Poe ha vuelto a casa. Ya no hay quien se masturbe. Esta vez no eyaculará, y por lo menos evitará una mancha de todas las que en su vida habrán dado pábulo a los comentarios de las lavanderas. Y ya no vive solo. No es lo mismo entregarse a patéticos desahogos cuando tienes testigos.

—Esa ha sido [illegible]. Yo [illegible].
Arturo [illegible] regresa a [illegible], para [illegible] y [illegible].

Dentro de la casa [illegible]. Arturo la [illegible] en las [illegible].

[illegible] mañana [illegible] 10 [illegible]
[illegible] y [illegible]

[illegible]

Regresa [illegible] de su vida. [illegible]
[illegible] de [illegible].

Arturo [illegible] sobre la cama, apaga [illegible] la [illegible]. Busca [illegible] de la frente [illegible] el [illegible] que [illegible] sus [illegible]. A [illegible].

Ya no hay quien [illegible] una [illegible] de [illegible] y [illegible] lo mismo [illegible].

Llovía. Por las ventanas cerradas golpeaba insistentemente el diluvio, como si los misteriosos designios de la Naturaleza se hubiesen enterado del hermoso desconcierto de mi corazón.

Yo tenía prisa. Dicho más exactamente, era la prisa quien me tenía. Porque yo no deseaba irme entonces. Ni que se fuera ella. Sabía que iba a perderla en la lluvia de esa mañana, después del insomnio programado, después de la noche plagada de claxons y de risas, de pisadas anónimas por fuera de nosotros. Por dentro: ella y yo, un agónico contacto inolvidable.

El día ya. Lloviendo a mares. Era necesario coger un tren para Madrid, donde mi hijo Arturo llegaba de unas vacaciones. Y los ensayos de la comedia nueva empezaban el miércoles.

La miré. La miré con fruición y con melancolía. Pero sonó el teléfono.

—Las nueve y media, señor.

—Muchas gracias.

Había que preparar la maleta. Pensaba que si me volvía, ella habría desaparecido.

—No quiero —se lo dije— no quiero que desaparezcas.

Osé acariciarle el rostro. No hubo rechazo. Quizá si estuviéramos más horas, más años, posi-

blemente se levantase el veto. Pero el tiempo, la prisa, me tenían.

—Yo tampoco quiero que desaparezcas.

Lo dijo tan bajito, que todavía hoy no sé si realmente lo dijo.

—¿Te ayudo a hacer la cama?

—Estamos en un hotel...

Me hizo gracia que una chica de su generación tuviera esas tendencias que yo relacionaba con la guerra y la posguerra: nosotros todavía cuidamos de apagar las luces en los hoteles como si fuéramos a pagar el recibo.

Recibo de cama no había, por supuesto. Aquello no había sido noche alquilada ni compra de tiempo para el amor. Había sido un milagro, uno de esos que regala la vida de pronto, y que compensan sobradamente el posible dolor de su final. Los encuentros intensos llenan de recuerdos un millón de soledades.

No hicimos la cama, y seguíamos mirándonos. El caso era prolongarnos. No hacía yo la maleta, todas las novelas policíacas sin guardar, siempre más de las que se pueden leer en un fin de semana. Sobre todo si uno encuentra alguien maravilloso con quien viajar la noche.

Me besó. Sujetando mis labios con sus manos, haciendo de mi boca un blanco más reducido, limitando el campo del beso para concentrarlo. Esencializando. La quise. La amé, creo. Esos minutos. Y toda la memoria que ha durado una vida. Luego, se fue. Me asomé a la ventana. Se veía el mar, niebla, un faro, casas, la lluvia infatigable. A ella, no. Como si se hubiera desvanecido.

Quedarse mirando una ventana por la que no ves a nadie, quedarse mirando las flechas oblicuas de un chaparrón, quedarse mirando el recuerdo, buscando su huella, la ausencia del sujeto, o del objeto, de ese recuerdo, es una situación que me ha durado siempre —leyó Arturo en los últimos papeles de aquel manuscrito de su padre, hallados entre fotos, cartas, recibos, facturas, programas, recortes...—. *Desde entonces lo he dejado escrito porque ha merecido la pena en mi vida, y procuro intentar que me sobreviva.*

Desde aquella mañana, aquella noche, espero aún que cualquier día suene el teléfono que nunca le di, y sea ella. A lo mejor después de tanto tiempo ya no me prohibiría acariciar minuciosamente su rostro.

. . . .

El gato mordisquea la nariz de Arturo. Hola, Poe, ¿follaste mucho? Yo ya ves, aquí como siempre, estuve contemplando. Y mañana no voy a ir a las diez. Figúrate si acudo y la Mari tiene bigote.

Fuera, llueve. Saludos, padre. ¿La encontraste?

Antes de dormirse, da unos golpecitos en la pared. Si en su momento no hay gato en la cama, seguro que San Pascual Bailón le pillará haciéndose una paja. Incluso contemplar es peligroso; pueden creerse que quieres compartir tu lujuria. Pues faltaría más. Hasta aquí hemos llegado. A partir de ahora no mirará otra cosa que sueños. Puede, incluso, que sueñe con el misterioso amor de papá, y así, entre ensoñación y personajes que ni nos conocemos, el contacto es posible.

Buenas noches a todos.

Ya sabes, San Pascual, en qué quedamos.

Primavera 1984

Índice

Índice